潜航！　日本海海戦

UNICOON

大石英司
Ohishi Eiji

目次

プロローグ

この街は好きじゃないな……。

そう呟《つぶや》いたアルマーニのスーツを着こなした男は、左耳に空けたピアスの穴以外、この街に屯《たむろ》する政治屋《ポリティッカー》やロビイストたちとさして変わった雰囲気は無かった。

別にスニーカーを履いているわけでも無ければ、ウォークマンの騒音で周囲に迷惑を掛けているわけでもない。

脇に置いたバッグは、ゼロハリバートンのものだった。

ワシントンD.C.の、モールの公園をジョギングするパワーエリートたちが、白い息を吐き、砂利道を鳴らして走り去って行く。

観光客が落書きした長椅子の肘掛けにもたれながら、「向こうは暖かいんだろうね……」と、男が呟いた。

「どうかな。私はワシントン暮らしが長くてね、ここの気候に染まってしまったよ……」

答えた男は、サスペンダーから肉がはみ出しそうなほど太っていた。もう一〇歳も若ければ、その肥満を非難されていた所だろうが、彼は今年六六歳になる。

いかなワシントンでも、そろそろ引退を考えるべき年齢だった。

「この街が無くなれば、世界もだいぶ住み易くなる」

「君のビジネスもお手上げだ」

「まだニューヨークがある。それに、私の顧客はアメリカ人だけじゃない。ロシア人、日本人、中国人、必要とする所へ、必要な情報を届ける」

「君の情報が偽造でないという証拠は？」

「裏のサルベージ屋は、東海岸でも二〇社はくだらない。意外に競争が激しくてね、私は信用を失う。それだけのことだ。信じる信じないはそちらの勝手という所だ」

「動機を聞いていいかね？」

「ビジネスさ、もちろん。それ以上の価値基準は持ち込まないことにしている。若干の正義感が無かったかと言われれば嘘になるが、そういったもので行動するとろくな事はない。あんたもそうだろう？」

「まあな。他人の浮気を目撃したからといっていちいちご注進するというのも気が滅入ることは確かだ。われわれがこの情報をどう使うかに関しては興味があるかね？」

「ない。だが、もしお宅が、その後のアフタケアを望むようなら、ビジネスとして請け負わないわけでもない。ただし、この世界の人間として忠告するなら、別のサルベージ屋かハッカーを雇った方がいい。なまじ経緯を知っているだけに、ミスを犯す可能性が出てくるからな」

「私が個人的に決済できる金額はこれだけだ……」

老人は、背広の内ポケットから小切手を一枚取り出した。

一〇万ドルの数字が記入されていた。

「いいだろう。こちらから押し掛けたビジネスだ。欲は出さない」

男は、それを摘んで自分のポケットにしまった。

「もう一つ忠告しておくと、あまり派手なことはしない方がいい。お宅の会社だって、叩けばいくらでも埃は出る。もしライバル社が私を雇うなら、ほんの数分で、お宅の会社を社会的に抹殺するような情報を入手してみせる」

「あ、セキュリティ部門にそう伝えておくよ。もっとも、これぱっかりは鼬《いたち》ごっこらしいからね」

「その通り。安全に完璧は無い」

男は、ゼロハリバートンを抱えて立ち上がった。

「君たちはどうやっているんだね？」

「秘密を持たないことさ。それが一番気楽だよ。家の玄関に鍵なんか付けるから、鍵を掛け忘れたんじゃないかと悩む羽目になる」

「ああ、そうだな……」

男が砂利道を踏みしめながら、足早に去って行くと、ＧＭＨＩ社の最高顧問弁護士、ロビン・Ｒ・ハックマンは、突然震えだした両手を、出ばった腹の上に置いて、握りしめた。

暑くもないのに、首筋を冷や汗が流れ落ちた。

ハックマンは、どんよりと曇ったワシントンの空を見上げながら、ぼそっと呟いた。

「神よ、この愚行を許したまえ……」


ＵＣＬＡで法律を修め、カリフォルニア州の弁護士資格を持つ国際弁護士リー・デビッド・デウは、仄《ほの》かな香水の臭いを漂わせながら、面会室に現れた。

今年五五歳になる彼は、弁護士としてもっとも脂が乗った頃で、韓国の法曹界では一目置かれる存在でもあり、米韓関係で微妙な問題が発生した時、一度ならず国家のために尽くした過去があった。

彼は、米韓双方によって選任された、恐らく望める最上の弁護士だった。それを疑う者はいなかった。

デウ弁護士は、両手をテーブルの上で組むと、「具合はどうだね？」と、目前の男に質《ただ》した。

初めて会った時に比べ、ゴルフ焼けの痕が消えて、だいぶ色が白くなった。

それに、麻薬中毒患者特有の、眼をきょろきょろさせる挙動不審な動作も消えていた。

目の前にいるマック・M・マクリーンⅢ世は、左手の下にボロボロの聖書を置き、弁護士をじっと見据えて、「たぶん、大丈夫です……」と告げた。

「身体は楽になりました。ここのドクターも、完治しつつあると言ってます」

「それは良かった。さっき、所長とも話したんだがね、月内にも、ここを出て、ソウルの重犯罪者用刑務所へ移送されることになった。高等法院での裁判まで、そこで過ごすことになる。君のためだ。普通の刑務所で、他の受刑者と一緒にすると、私刑に遭う恐れがあるのでね」

「どのくらい掛かるんですか？」

「裁判かね？　始まるまで二ヶ月。結審して判決が出るまでもう半年という所だろう。残念ながら、係争事由があまりないのだ」

「そんなに掛かるんですか……。なら、いっそリンチに遭って死んだ方がいい」

「人は皆罪人だ……」

デウ弁護士は、組んだ手をほどいて、椅子の脇に置いたブリーフケースをまさぐった。

「ブレンダから、手紙が届いている。ミリーからも」

マクリーンは、静かに首を振った。

「結構です。読まなかったと、ブレンダに伝えて下さい。これ以上、この世界に未練を残したくない」

「命があるからこそ出来る償いもあるんだ。マック、前向きに考えろ。たとえ最悪の事態になっても、君はあと半年は、この世界で暮らさねばならない。たとえその時が来ても、名誉ある人間として最期を迎えられるよう理性を保たねばならないのだ。それが、アメリカ人としての本分を全うすることになる」

マクリーンは、気のない表情で頷くだけだった。

「韓国の世論はどうですか？　こっちの新聞が読めないものですから……」

「人の噂も何日という奴だ。もう君の顔を記憶している人間もそう多くはいないだろう。昨日、一件示談が成立した。裁判が終わる頃には、七割方片づいていると思う。もちろん、遺族の恨みが消えるわけではないが」

「父は何か？　……」

「だいぶ老けられた。何度か、こちらへ来ようかと打診があったがね、私は時期じゃないと断っている」

「手紙を……、書こうと思います。父宛に」

「ああ、いい考えだと思う。CBSが、独占インタビューを申し出ているがどうするね？　韓国のテレビ局を一社同席させるという条件で、向こうはすでにソウルの許可を取ったそうだが」

「お断りします。そうすることが、遺族の慰めになるとは思えない」

「そう伝える」

デウ弁護士は、ブリーフケースを膝の上に置いた。

「これからソウルへ向かって、支援組織のメンバーと会合がある。最終的には、政治的な交渉を頼むことになるかも知れない」

「その必要はありません」

「解っているよ。君の判断を無視して、無用な圧力を加えるようなことはしない」

デウは、別れ際に右手を差し延べ、弱々しい握手を交わした。

その瞬間、あの雨の日、ソウルから軍のヘリを飛ばして駆けつけた夜のことを思い出した。

全身血だらけで、酷い火傷を負っていたマクリーンは、手当されることもなく、身体を登山用ロープでぐるぐる巻きにされ、事件現場の近所の中学校の校庭に転がされていた。

今ではその火傷の痕も消えた。

だが、妄想に駆られた彼が焼き殺した二六名の子供たちの家族の傷は、癒えることは無かった。

第一章　サルベージ

サンディエゴ湾に浮かぶメイリーンⅡ世号は、三〇〇トンの、辛うじて外用航海ができるクルーザーに過ぎなかった。

世界有数の兵器産業コングロマリットであるＧＭＨＩ、ゼネラル・マリタイム・ヘヴィ・インダストリー社の幹部一同が集うには、いささか貧弱なフネだった。

それは、五年前、アメリカ海軍を退役し、ＧＭＨＩ社に再就職した元海軍大佐・ポール・アーネストが購入した二隻目のボートで、その名前は、彼の一人娘のメイリーンから取られた。

アーネストは、ホストとして腰の据わったグラスにシャブリを注ぎながら、デッキを人が渡る気配に注意していた。

「あの振動は、ファナブル提督だな……」

陸軍からの唯一の出席者である、ケビン・ケンウッド大佐がピンと来て言った。

ステッキを使っているせいで、提督の振動は独特だった。

「今更、ここへ来なければ良かったと後悔しても手遅れかな……」

階級的には、ここで一番下になる潜水艦乗りのアル・ヤン・テルピッツ曹長が唇へと運んだグラスの手を一瞬止めた。

「そんなことはないさ。参加するしないは自由だ。私も会社も、みんなを信用している」

一人だけ素面《しらふ》のロビン・R・ハックマン弁護士が真顔で答えた。

「この前、こうして集った時は、一国でクーデターを起こす羽目になった。反政府ゲリラに捕らわれた、たった二人の社員を救出するために」

「それが我が社の方針だ。いかなる犠牲を払っても、社員の安全は確保する」

「社員にもよりけりだ。あれはまずすぎる……」

ダドリー・H・ファナブル提督が、狭いラダーを降りて来て、皆に挨拶した。

「すまんな。出掛けにイギリスの友人から電話が入ってしまった。喫水が浅いようだが、岬を一周ぐらいしないのかね？」

「今夜は、酒を飲み、話をするだけだ」

その場は、ハックマン弁護士が仕切っていた。

「さて、これで全員揃ったな」

アーネスト元大佐が、ステッキを置いてソファに腰を降ろす提督にグラスを差し出した。

「始めてくれ、アリッサ」

「おや、誰かと思えば、アリッサ。君は軍を退いたのかね？」

「いえ、まだT412に関わっています」

そこにいる唯一の女性は、まだ若く、ブロンドのエリート士官だった。アリッサ・マクノートン少佐は、しかし今はジーンズ姿で、パソコンを膝に置いていた。

「兄が、会社にはお世話になりましたので」

彼女は、静かにそう繋いだ。

マクノートン少佐は、パソコンの裏側から延びたケーブルの先のビデオ・プロジェクターのスイッチを入れ、天井に画面のデータを映した。

「上の文書を見てくれ……」

ハックマン弁護士が、レーザー・ポインタで指し示しながら告げた。

「コンピュータ界でのサルベージ・ビジネスというのを聞いたことはないかね？」

「うっかりデータを消したり、クラッシュさせた時呼んで、データを復帰させる商売だろう。この前テレビで観たよ。うっかり社員同士の逢い引きのEメールとか見つかったりするんだろう」

提督が、唇を湿らせながら答えた。

「そう。簡単に言えば、そういうことをやっている。表のサルベージ屋がいれば、当然裏のサルベージ・ビジネスも存在する。会社からのゴミ収集車を尾行して、廃棄物処理場でシュレッダーダストを回収して商売する連中と一緒だ。彼らは、狙いを付けた企業のメインフレームをクラックし、そこで得た情報をライバル社に売りつける。いい商売だ。月に二度は、そういう売り込みが私のオフィスに来る。ほとんどは、それこそゴミだ」

天井に映し出された一通の文書には、ＭＭ作戦《オペレーション》という文字があった。彼らは、オペレーションという単語にすぐ反応した。

「なんだ……、このＭＭというのは」

「マック・Ｍ・マクリーンⅢ世の名だ。発信人は、ＭＳＩ社の第二広告本部別室のボス、リー・テックス大佐で、宛先は、ニューヨークの韓国マフィアの一人だ。口が堅いことで知られる。事の真相を確認するまで、私立探偵二人が行方不明になった」

「ドラッグがどうのこうのとあるぞ……」

「サルベージされた文書は、全部で三〇通あった。お金のやり取り、雇った人間の信用度の問題とか。要約すると、マックをはめて麻薬中毒にし、会社の信用を貶《おとし》めるというものだった」

「何のために？　……」

「彼らは目的を達したよ。ベトラ造船所との合併話を潰すためだ」

「クソ……、テックスめ、汚い真似を！」

ケンウッド大佐が吐き捨てた。

ＧＭＨＩ社の御曹子が韓国で大事件を起こした翌日、会社の株は大暴落し、新型駆逐艦を開発して大手資本傘下に入ることを望んでいたベトラ社との合併話は、完全に流れてしまった。

「ちょっと待ってくれよ。この話は本当なんだろうな？」

提督が冷静に尋ねた。

「複数のルートで、一ヶ月にわたり裏を取った。マックに近づくよう唆《そそのか》されたビバリーヒルズの高級娼婦、売春倶楽部を営む韓国人実業家、すべて裏を取った。こっちもサルベージ屋を使ってね。間違いない。法廷に出せば、テックスを刑務所へぶち込めるよ」

「で？　どうするね？　マックを更生施設から誘拐して法廷に立たせるか？　私はめられました……。麻薬を無理強いされ、おかげで幻覚を見るようになり、過って数十人の人間を殺しましたと。四〇歳近い男にそんな戯言を証言させるのかね？　アメリカの陪審員は聞くだろうがね、韓国の民衆は許さないだろう」

「たぶんね。だが法廷に立つこと自体無理だろう。それは考えていない。韓国との間には、犯人引き渡し条約がある。それは無視できない。私が望むことはただひとつ。マックを、子供たちと再会させることだ。その後、どうするかは彼に判断させたい。

南米へでも逃げさせて、ＣＮＮに真相を暴露させてもいいし、あるいは彼が望むなら、私が代理人になって、テックスを訴えてもいい。もちろん、韓国の刑務所へ戻るのも自由だ」

「韓国で銃撃戦でもしでかせば、会社のイメージは更に落ちる。中東に押し入って社員を奪還するのとはわけが違う。だいたい、マックは同意しているのかね？」

「それに関しては、私から説明しましょう」

陸軍のケンウッド大佐が、暗視照明の中、メモ用紙を取り出して、プロジェクターのビームに晒した。

「第一に、私の部下が、すでに韓国に数名入ってます。現地の弁護士と連絡を取り合ってます。恐らく、縄でも付けない限りは、マックは病院から出ようとはしないでしょう。病院は、比較的警備が緩く、勤務する職員の買収も容易です。誘拐という形になりますな」

「なら、われわれ海軍《スキッパー》の出番は無い」

「それなんですがね、ご承知のように、あそこは北との対立構造を抱えていて、国内といえども安全ではありません。まず、マックの家族を入国させること自体が困難だし、ブレンダはただでさえ疲れ切っている。偽造パスポートを持たせて潜入させるような危険は冒したくないというのが、私の判断です。それよりは、韓国国内でマックを回収して、海路、あるいはヘリで脱出させた方がいい。日本の近くへね」

「おいおい。貨物船か、あるいは会社のエクスプローラーⅢ世でも持って行って、ちょいとヘリデッキに降ろすというのかい？　たちまち蜂の巣になる」

「既存のフネならそうでしょうね。たちまち発見され、蜂の巣になる」

提督は、まずいな、という顔をした。初めての朝帰りをした娘を観るような、怒りを露わにしていた。

「傷を付けるつもりか？　……。あれはポスト・イージスの切り札なんだぞ」

「そうは思えません。現にＭＳＩ社のアドバンスト・イージスがワンポイント・リードしている」

「あの事件のせいだ」

「違います、提督。建造費のせいです。Ｔ４１２はイージスとそっくり交換できるような代物じゃない。スキッパー連中の抵抗も大きい」

「アドバンスト・イージスだ？　……。あんな、シーシャドーに毛が生えたような代物なんぞ。われわれは変革を受け入れるよ。潜水艦が登場した時には、それが水上艦より前線へ出ることに誰も抵抗しなかったじゃないか」

「その議論は暇な時にしようじゃないか。今は、あいつを使いたいという提案をしただけのことだ」

弁護士が苛《いら》ついた顔で、不毛な論争を遮った。

「乗っ取れる自信のほどは？」

テルピッツ曹長が尋ねた。彼は、命令を下す立場でもなければ、判断を下す立場にも無い。ただ実行するのが、彼ら上級下士官の務めだ。

「乗員三〇名、現状の艦長は、ここにいるアーネストであり、副長がこのアリッサ。来週、全武装状態で、海軍に引き渡すことになるが、アーネストと交代する艦長のロードウッズ中佐は、できればこの件には巻き込みたくないというのが、アーネストの希望だ」

「彼は、将来ある身だ。子供はまだ小さいし、ここで彼の軍歴を終わりにしたくない」

アーネストが言った。

「クルーに関しては問題ない。二〇名は、会社の社員だし、いざとなれば、あのフネは、アーネスト一人でも動かせる」

「言うは易しという奴だな。太平洋の反対側だぞ。ハワイ、横須賀、世界最強の第七艦隊が支配する海をはるばる渡ることになる。それに、われわれが向かっている先が公になれば、当然、韓国側は、マックを別の収容場所に移すだろう」

「ええ、ですから、出港と同時に、マックを保護します。それに、かなりの時間、われわれの行動は秘匿されるでしょう。何しろ、あのフネは予算上も、どこにも存在しないことになっていますから」

「猶予はあまり無いのだな？」

「はい。来週末には、マックの治療は終わり、ソウル近郊の重犯罪者用刑務所へと移送されます。その前に実行する必要があります。Ｔ４１２の、軍への移管も重なりますし」

「無茶が過ぎる。どこかでクルーザーでもレンタルしてやった方が遥かに安上がりで安全だ」

「もし、マックが逃亡を望んだら、日本経由ということになります」

「整形でも受けさせ、海岸から脱出させればいい」

「家族はどうするんです？　ブレンダや、まだ小さいミリーにまで、そんな危険な目に遭わせるわけにはいかない。彼女らは、日本に別便で、表玄関から入れます。Ｔ４１２で、そこまでマックを運んで再会させた後、その後のことはマックに判断させればいい。反対の者は、今ここで手を挙げてくれ」

「ロビン、ロビン……。それは脅迫だ。われわれは皆、軍の世話になったが、それ以上に会社の世話になった。それも家族ぐるみでな。テルピッツ曹長は、一人息子の心臓病の手術代をマックのポケット・マネーから出して貰ったし、アリッサは、ボイラー事故で両目を失った兄を引き取って貰った。ケンウッド大佐も私も、本来なら縛り首になっておかしくない所をマックに救われた。マックに、もう一度ミリーのキスを受けさせるためなら、たとえ裏の真相がどうだろうと、誰も反対なんか出来はせんよ」

「すまない。そういう点を考慮して人選した非は、すべて私にある。他に安全な術《すべ》が思いつかなくてね」

「御大の意見を聞こうじゃないか？　彼がそれでいいのであれば、作戦はゴーだ」

「いや、会長はここには――」

「隠さなくていい」

提督は、ブリッジへの階段のドアを指し示した。

「われわれは伊達にフネに乗っていたわけじゃない。国民の税金で、数万トンの艦隊を動かしていたんだ。プロフェッショナルだぞ。自慢じゃないが、ネズミが走り抜ける程度のバランス変化でも、われわれは感じ取れる。そのブリッジにいる人間は、スキップ・シートに座って、このクルーザーが今夜動かないことを残念がっている」

「人が悪いな、ダドリー……」

弁護士は立ち上がり、ドアをノックして「来てくれ、ジョージ」

しばらくすると、まるで幽霊のような顔の老人が、手摺りを頼りにキャビンに降りて来た。

「話は付いたよ。無茶で無謀で馬鹿げているとは思うが、せめて、邪魔を入れることなくマックとミリーを再会させる案に賛成する」

　提督が、皆の考えを代弁して答えた。全員の意思を確認したわけでは無かったが、異論の出ようはずも無かった。

　ＧＭＨＩ社のオーナーにしてＣＥＯを務めるジョージ・Ｍ・マクリーンⅡ世は、ソファに腰を下ろし、死刑執行台に上る死刑囚のような哀れみを請うような視線で皆を見渡した。

「誤解しないで欲しいのだが、ジョージ。われわれは、ＭＳＩ社への復讐とか、真相の暴露とかにはあまり興味は無い。もちろん、それが正義のためにも、会社のためにも必要であることは感じるが、それはわれらスキッパーの仕事ではなく、弁護士たるロビンの任務だ。われわれは国家に尽くし、見放されていたところを、君やマックに救われた。一度ぐらい、恩返しする機会があってしかるべきだ」

「すまない、ダドリー……」

　老人は、消え入るような声で言った。その声、その表情が、彼がここ半年置かれた過酷な状況を物語っていた。

　冷戦華やかなりし頃は、自動車メーカーのビッグ３に匹敵する売り上げを記録していたＧＭＨＩ社は、今では、彼らが建造する軍艦と同様、廃棄処分され、調達停止される運命に直面していた。

すでに、ネズミは逃げ出した後だというのが、会社経営陣の判断だった。

「私のわがままを許してくれ。マックは、国家に尽くしもしたし、あの一件以外、家族の名誉を傷つけるようなことをしでかしたわけでもない。犯した罪が許されるわけではないが、せめて、死刑台に上る前に、娘と抱擁させてやりたいのだ」

「では、以上だ——」

弁護士は、それ以上喋らせたくない様子だった。そもそも、父親は、それ以上のことを喋れる状況でも無かった。

「この作戦は、チュラビスタ作戦と名付けます。チュラビスタ・ゼブラを韓国での陸上作戦名、チュラビスタ・オメガを、韓国までのT412の作戦名とします。私は、週末にも韓国へ飛び、チュラビスタ・ゼブラの指揮を執ります。迎えに来て下さいよ、皆さん」

ケンウッド大佐が、両手をパンと叩いて、ゴー指令を出した。

チュラビスタは、このクルーザーが係留されるサンディエゴの一番南の湾の名前だった。

当分、寝る暇は無さそうだなと、提督は思った。

「作戦が無事終了するまで、これが最後の酒だ……」

提督は、シャブリをぐいと飲み干し、グラスを艇尾へ投げて威勢良く割った。

皆が、それぞれの表情で、提督の儀式に従った。だが、進水式のような晴れがましさはどこにも無かった。

日曜の午後、アリッサ・マクノートン少佐は、兄のマーカス・マクノートン元少佐を連れて、会社のサンディエゴ工廠《こうしょう》を見下ろす丘の上に建つ、ファナブル提督の邸宅を訪れた。

提督は自室に籠もりっきりで、チャートと格闘している所だった。

「テラスで話そう……」

提督は、二人をサンディエゴ湾を遥かに見下ろすジャグジー付きのテラスへと誘った。

「アリッサ、カクテルを頼むよ、いつものな。メリンダが友達と映画を見に行っててね」

提督は、暗に、マーカスと二人だけで話がしたいと意思表示した。

分厚いサングラスを掛けたマーカスは、誰に導かれることなく、テラスのアームチェアに腰を下ろした。度重なる整形手術のおかげで、貌《かお》の火傷痕は消えたが、眼だけは救いようがなかった。

「仕事はどうだい？　マーカス」

「スタンフォード大学で、なかなか興味深い音響理論が発表されました。今、論文を書いた博士とEメール交換している所です。うちのセクションのプロジェクトはうまく行ってます。T412への装備は完了。あとはテストするだけです。これが成功すれば、われわれはハイウェイを時速二〇〇マイルですっ飛ばしながら、道ばたの鈴虫の音を聞くことが出来る」

「君は今年いくつだ?」

「もう三六歳ですよ。軍にいれば、そろそろ艦長ってとこですね。昨年、同期のトップがロスに乗りました。まあ、人それぞれですから」

「私はロビンに抗議したのだ。アリッサを巻き込むべきじゃなかった。彼女はアメリカ海軍初の女性艦長になれる人材だったのに」

「いいんですよ。それはそれで、いろんなやっかみを抱く連中が出てくるだろうし、事故で両眼を失った私への軍の贖罪だと言い出す連中も現れるでしょうから」

「あれは、ボイラーの設計ミスだった。責任は会社にある。別に、君が恩義を感じることは無い」

「GMHI社の子会社でも何でもない。ただ採用したメーカーのボイラーに設計ミスがあっただけです。もし私が裁判に訴えたとしても、会社には負ける理由なんか無かった。退院した私を、自分のワゴンで迎えに来てくれたのはマック自身でした。驚いたというより、ちょっと呆れましたけれどね、その人の良さに」

「君は世界最高のソナーを作っている。それで十分会社にも貢献した」

「だが、マックに恩返ししたわけじゃない。私にもチャンスが与えられてしかるべきじゃありませんか？」

「Ｔ４１２には、軍のソナーマンも、君の部下だって乗り組む。何が不満なんだ？」

「提督だって、マックのために働いているじゃないですか？　乗り組むわけでもないのに」

「では君も、乗り組む必要はないじゃないか？　現にソナーを提供した」

「ペンダラム・ソナーを開発したのは私です。私は、あのソナーの特徴も、弱点も知り尽くしている。解っているんですか？　提督。世界一濃密な対潜網を持つ日本を掠めて行くんですよ」

「解っているとも。連中はわれわれを発見できるかも知れないが、少なくとも攻撃する手段は無い。いや、発見すらおぼつかないかも知れない。潜ってしまいさえすればな」

「そんなに簡単に行くわけが無いじゃないですか？　第七艦隊だって、世界中から引き返してくる。ベテランが必要です。あのシステムを知り尽くしたベテランが」

「マーカス、いざという時、誰も君の世話をすることは出来ない。アリッサですら」

「その必要はありません。私はアリッサより素早く、T412を上から下まで昇り降りできます。真っ暗闇の中でね。沈没の危険が迫ったら、誰より私は頼りになりますよ。電圧が落ちて、真っ暗になったからと言って、私ならパニックになることもない」

アリッサが、提督が好きな生のオレンジを搾ったジンジャエールのカクテルをテーブルに運び、兄の隣に座った。

「アリッサ、君たちにはご両親がいるじゃないか？　連邦刑務所に入れば、一〇年は出て来られないんだぞ」

「昨夜、マーカスと徹夜で話して出した結論です。少なくとも、兄の今の生活があるのは、会社のお陰です。きっと、両親は解ってくれると思います。迷いはありません。それに、T412ならやってくれそうな気がします。誰も傷つけることなく、われわれは追っ手を振り払うことが出来ます」

「成功すれば、愉快な作戦になるだろう。国民の支持を得られるかも知れない。だが、その見込みが大きいとは言えない。中東とは違うからな。マーカスが言うように、最も困難なエリアだ。ひとつ聞きたいが、両親に残してやれるものはあるんだろうな？あるいは君たちのフィアンセに。いるとしたらの話だが」

「計算しました。われわれが誰も傷つけず、個人賠償を請求されないという前提ですが、ヨットやら株やらで、二人併せて二〇万ドル程度は残せることが解りました。フイアンセは、あいにく私は今一人です。特定の相手はいません。アリッサも同様です」

「拒否するに合理的な理由は無いか。困ったもんだな……」

「後悔しますよ、提督。あとで私を乗せておくんだったと」

提督は、珍しくグラスを一気に空にした。

「マックは、いい友を持ったな。私は、刑務所で生涯を終える最期のその日まで、今日の決定を後悔するような気がするよ。ポールに、君の乗艦を進言するとしよう」

「ありがとうございます、提督」

マーカスは、ほんの一口唇の端を濡らしただけで席を立った。

「自分は準備がありますので、これで」

提督は、二人を玄関まで見送った。

「マーカス……」

提督は、マーカスの肘を掴み、耳元で囁いた。

「奴らは手強いぞ。神経を研ぎ澄まして掛かれ」

マーカスは、無言のまま頷いた。彼は、その奴らが何を意味するかを知っていた。

　国際連合統合指令作戦機構――ＵＮＩＣＯＯＮの指揮下にある海上自衛隊の波浪貫通型双胴船《ウェーブ・ピアサー》〝ゆきかぜ〟（五〇〇〇トン）は、尖閣諸島を取り巻く九隻もの海上保安庁の巡視船の外周を、ステルス・モードで航行していた。

〝ゆきかぜ〟の別名、シーデビルは、元はと言えば、この海域に出没する密漁船や密輸船から名付けられた。シーデビルのデビューは、この海域だった。

彼らは、久しぶりに古巣へと帰っていた。状況は変わり、ここに出没するのは、密漁船では無く、民族感情を剝き出しにする中国人だったが。

シーデビルは、海保の巡視船のレーダーには映っていなかった。

彼らの役目は、水中に潜む潜水艦隊と協力して、大陸や台湾がもし潜水艦や水上艦を派遣して来た時、適切な警告を、海保にも気づかれることなく与えることだった。

副長の桜沢彩夏《さくらざわあやか》三佐は、夕方の衛星ニュースでちらっと流されたアメリカからの配信記事を見ると、しばらく通信室に籠もって、インターネットでアメリカのサイトを探し回っていた。

配信会社そのものが提供するホームページに、くだんの情報があった。

士官公室での食事時、副長は、その画面をプリントしたものをテーブル上に置いた。

艦長の片瀬寛《かたせひろし》二佐は、おしぼりで両手を拭くと、インターカムを取って、ブリッジに自ら命令を下した。

「一〇分経ったら、アルファ目標の位置情報をもう一度遣《よこ》してくれ」

不幸にして、このシーデビルは、究極の省力艦で、副官はいなかったし、彼の命令は、自分で伝えるしかなかった。

片瀬は、時々自嘲ぎみに、五〇〇〇トンの掃海艇と呼ぶことがあった。

「ほう?　潜水艦だったのかね……」

片瀬は、その図面を覗き込みながら言った。

「ちょっと違いますね。まあ、運用方法としては、潜水艦になるんでしょうけれど」

「GMHI社のポスト・イージスだろう?　もっと斬新なアイディアだと思っていたが、潜水艦とはね……」

「司令塔構造がなかなかユニークです。浮上航行を前提としたものと考えていいでしょう」

その図面は、戦略潜水艦の司令塔を、双胴船形式に拡大改造したような印象だった。

「これならごまかせる。水上航行していても、ちょっとモダンなクルーザーぐらいにしか見られないだろう。とても軍艦には見えない」

「図面通りだと、四面のフェイズド・アレイ・レーダーがここにパネリングされているみたいですね」

「解らないな……。アメリカ海軍は、ロス級の次のシーウルフだって、数隻の発注で止まっているのに、こんな金の掛かる新型艦なんか造れるのか。それに、ポスト・イージスとなれば、水上艦部隊からの反発もあるだろう」

「たぶん、リークしたのは、その筋か、ライバル社のＭＳＩ社でしょう。彼らは、ポスト・イージスに対して、アドバンスト・イージスの名で、開発を進めています。もっとも向こうは、まだ概念図も無い状況ですが。これは、潜水艦の長所と、水上艦の長所を持っている。考え方としては、ユニークだと思いますね。米海軍は、武器庫艦としての任務も授けたいみたいですから」

「計画艦Ｔ４１２、シーデーモンのニックネームを持つか……」

「うちを意識したんでしょう」

「三〇ノットがやっとの潜水艦と、その倍は出るシーデビルを一緒にされてもな。それに、これポスト・イージスと言いながら、艦隊指揮はどうするんだ？　衛星アンテナ一本で片づけるわけにもいかないだろう。斗南無《となむ》君からは、連絡はあったか？」

「いえ、まだ、たぶんニューヨークです。ブル・メイヤが中東へ予防展開するよう求めているようですから、翻意させるのに忙しいんじゃないですか」

片瀬艦長は、一〇分で夕飯をかき込むと、そそくさとブリッジへと向かった。

このエリアは、今、世界でもっとも緊張度の高いホット・スポットだった。

Ｔ４１２存在のリークは、思わぬ波紋をもたらした。ＧＭＨＩ社のサンディエゴ工廠に入っていた、クルーザー一隻は、前後をタグボートに守られ、サンディエゴ湾を抜け、遥か沖合を漂流する羽目になった。スクープを狙うメディアから逃れるためだった。

もともと、水面上にあるその上部構造物は、クルーザーを模して造ってあったが、注意深く見ると、それが普通のクルーザーでないことは一目瞭然だった。

なぜなら、ブリッジ部分の中央の窓は、六角形のパネル状の板で塞がれていた。カムフラージュ用ペイントで、それがレーダーパネルであることは隠されていたが、どことなく奇妙な雰囲気はあった。

何しろ、屋根にあるはずのレーダーマストは姿が無く、排気用のマストすら無い。単に双胴船というだけの奇怪なクルーザーだった。

実際には、その露呈した司令塔部分の下に、その一〇倍の長さの潜水艦部分が続いており、二〇〇発近い各種兵装を装備していた。

リークにより彼らの計画は、大幅な変更を余儀なくされた。

まず、軍の桟橋へ移動しての弾薬類の搭載が不可能になった。そのため、弾薬運搬船をＧＭＨＩ社のドックへ入れて搬入作業を行う羽目になった。

夜中に、海軍への引き渡しセレモニーをひっそりと執り行う手はずになっていたが、それも中止された。

フネの指揮権は、軍装備火薬類の第一号として、チャフ・フレア・ディスペンサーの筒が司令塔両端のソケットに収容された時点で、GMHI社から海軍へと移り、艦長は元海軍大佐のポール・アーネストから、ビリー・ロードウッズ中佐に引き渡された。

そして、その瞬間、計画艦T412は、USS・シーデーモンと名前を変えた。

シーデーモンは、西部標準時の一九：三〇時、夕陽を司令塔に浴びながら、潜航状態での全力航行運転に入ろうとしていた。

テスト開始を告げるための暗号文をサンディエゴへ送った後、シーデーモンは、テストを終える四八時間後まで連絡を絶つ。

今、シーデーモンには、三〇名の海軍の乗組員と、同数のGMHI社の技術者が乗っていた。

ブリッジにいたアーネスト元大佐は、スキップ・シートに腰を預けるロードウッズ艦長を、ちらちらと横目で見ていた。

下のデッキからのインターカムで、うつらうつらしていた艦長は、目を覚まされた。

「寝ている？　誰が？　……。鼾《いびき》をかいているのか」

艦長は、困惑した表情でアーネストを振り返った。

「機関長のアッシュボール少佐が、突然パネルに突っ伏して鼾をかき始めたそうだ。症状からすると脳卒中の疑いがあるが、まだ医務官までは乗っていない」

「今更引き返せないな。それに、彼は脳卒中じゃない。ただ眠たかっただけだ」

アーネスト元大佐は、スキップ・シートに近寄りながら、何喰わぬ顔で言った。

艦長は、インターカムをフックに戻そうとして、一瞬上体がぐらついた。

「な、なんだ……」

「大丈夫か？　ビリー」

「め、目眩《めまい》が……」

元大佐は、艦長の身体を起こして楽にしてやった。

「心配いらない。すぐ楽になる。薬は半日で抜けるよ」

「薬？　……」

「そう、ある種の弛緩剤と睡眠薬が晩飯のシチューに入っていた。心配はいらない。身体の反応が鈍くなるだけだ。心臓に負担を掛けない最低限の量だ」

「な、何のために……」

「ほんの十日ほど、このフネを借りることにした」

艦長は、深呼吸を試みて意識を保とうと努めた。

「……マックを助けに行くんだな？」

「まあ、そういうことだ」

「私も連れて行ってくれ」

「今の は譫言《たわごと》だ、ビリー。聞かなかったことにする。君には将来がある。これで経歴に傷が付くことを申し訳なく思うが、それでも、台無しにするよりはましだ。私の友情だと思ってくれ。無関係な乗員と共に、ラフトで脱出させる。あいにく、無線機の類を持たせるつもりはない。誰かに発見されなければ、二日後、タイマーセットのSOS発信器のスイッチが入るようにしておく。もっとも、今この瞬間に発見されても、シーデーモンは逃げ延びるがね」

ロードウッズ艦長は、元大佐の言葉を最後まで聞くことは出来なかった。その前にまるでブラックホールのような睡魔に捕らわれて意識を失っていた。

新艦長は、「ハッチをロックしろ」と命じると、全ブロックへのインターカムを取った。

「こちらは、ポール・アーネストである。現在、本艦は私が指揮している。私は、このフネをたった今シージャックした――」

その瞬間、それぞれの持ち場で、行動を共にする部下たちが一斉に行動を起こした。何も知らぬ乗組員たちの背後に回り、ポケットから取り出した手榴弾のピンを抜いた。潜水艦の中では、ピストルを撃ち合うより、対人手榴弾の方が、船体には安全で、かつ人間に対してはより破滅的な効果をもたらした。

「無用な混乱は慎んで欲しい。何も知らぬ諸君に告げるが、今、手榴弾を握った者たちは、私のシンパの、半分以下に過ぎない。君の隣に立って、同じく青ざめた顔をしているのも、私の仲間である。われわれの目的に関して、話すつもりは無い。君たちが察する通りのことだ。だが、われわれは、この作戦の全過程において、誰も傷つけるつもりはない。もちろん、任務終了後、無傷で本艦は海軍に返し、私は責任を取って連邦刑務所に入るつもりである。すでに、士官全員は、睡眠薬で眠りについた。諸君らは、ラフトで本艦を降りて貰う。私の部下の命令に従い、冷静に行動して貰いたい。以上である――」

元大佐は、インターカムを置くと、下の発令所に、「メインタンク全ブロー」を命じた。

シーデーモンは、夕焼けの中に、潜水艦としての、その全貌を現した。真横から見ると奇怪なイメージだった。潜水艦の前方にある司令塔が、倍の面積を持ち、しかも窓まであるのだ。

「アリッサ、デッキに出てくる捕虜をカウントしてくれ」

艦尾付近の脱出ハッチが開き、呆然とする乗組員たちが出てくる。すでに眠らされた士官たちは、救命ストレッチに縛り付けられたまま上がって来た。

全員がデッキに揃い、一二人乗りのラフトが四張り展張するまで三〇分を要した。

会社の技術者が二〇名、軍のクルー二〇名がフネから降ろされ、ラフトに乗り移った。

「この海域で、あのサイズのラフトを四つも繋いでいれば、だいぶ目立つでしょうね」

アリッサは、ブリッジからラフトを見下ろしながら呟いた。

「ああ、明日の昼には発見されると見ていい。その頃には、われわれはすでにP－3Cの作戦行動範囲外に抜けている。ハワイを過ぎるまで、われわれを追えるのは、ほんの数隻の駆逐艦だけだろう。よし、衛星回線を開いてくれ」

ファナブル提督は、サンディエゴを出て、シリコンバレーの一角に設けた臨時のオフィスに移動していた。

映像回線のやりとりも出来たが、スクランブルを三重に掛けた音声のやり取りだった。

「こちらブラックウィドー、作戦ステップ1をクリアです」

「ご苦労、ブラックウィドー、ゼブラ・チームにゴー指令を送る。軍のシステムに侵入できる態勢は整いつつある。君たちに危険が迫ったら、いつでも警告を送れる。そちらが受信状態にある間はね」

「了解しました。予定通り、五日で太平洋を渡り切れるよう全力を尽くします」

「期待しているぞ大佐。以上だ。成功を祈る――」

アーネスト艦長は、インターカムを持ったまま、左舷側の窓に寄り、背後を振り返った。

ラフトは、すでに二〇〇メートル以上、シーデーモンから離されていた。

インターカムを艦内放送に切り替える。

「こちらは艦長である。これよりステップ2に移る。予定通り、〇八：〇〇ズールーに、全力航行運転に入り、これを二四時間継続する。潜航準備急げ。指揮権を発令所へ移動する」

ブリッジ要員は、直ちに、ブリッジの密閉作業に取りかかった。シーデーモンが完全潜航状態になると、ハッチから上のブリッジは、ほぼ外圧と同じ圧力の真水で満たされ、水圧に耐え抜く構造になっていた。

それは、深度が変わる度ごとに微妙に外圧とシンクロし、出し入れする度に、主に人間が持ち込む塵をフィルターでふるい落とす仕組みになっていた。

潜航から浮上状態に戻し、ブリッジを使用する時には、いつも機械類は水浸しだったが、真水のせいで、錆び付く心配も、もちろんショートする危険も無かった。

これは、ブリッジを守るためではなく、ブリッジの外板に装着されたフェイズド・アレイ・レーダーを守るためで、そのレーダーの中は、冷却を兼ねて、常にピュア・ウォーターが循環していた。

スピーカーからハッチ閉鎖までのカウントダウンが流れてくる。時間の猶予は二分しか無い。

その間に、航海科員がチャート類を片づけ、窓の密閉を確認して行く。

「九〇秒だ。九〇秒でやってのけろ」

「密閉確認！　エア出します！」

ブリッジの密閉状態を確認するため、エアが出され、気圧を上げて行く。チャートを抱えたクルーが、両舷のハッチから潜水艦部へと滑り降りて行った。

「コントロール・プラグ全解除します」

「プラグ全解除確認。よし、全員降りろ」

下からの電源ソケットが抜かれると、レーダーレピターを始めとする全ての電気製品のパワーが落ちた。スピーカーのカウントダウンは八〇秒までだった。

アーネスト艦長は、自ら最後に梯子を滑り降りて、ハッチを閉じた。

「気圧、上昇中……」

「よし、ボディ、エア出せ。ヘッド注水」

シーデーモンでは、便宜上、潜水艦部をボディ、司令塔部分をヘッドと呼んでいた。

「ボディ、エア出します。ヘッド、エア停止、注水開始します」

潜航準備を告げるアラームが鳴り響いていた。

頭上から、気密確認のエアが降ってくる。

インターカムのベルに、副長のアリッサ・マクノートン少佐が反応して取った。

「ソナーです。アンノウンを発見。マーカスはロシアだと言ってます」

「早速、ご挨拶か。変わらんな、冷戦が終わってもこの世界ばかりは……。潜航作業を継続せよ」

艦長は、発令所の前部にあるソナールームへと移動した。そこだけは別世界みたいに、暗視照明の発令所より更に薄暗く、空気は冷たく静まり返っていた。

艦長は、マーカスの背後から、肩に手を置いた。

「子供だって聴き分ける。性能は良くなってますがね……。ビクターです」

マーカスは、彼には見えないオシログラフのモニターの波形を指さした。

「脱出路を探す。こちらの事前情報では、これより西にはしばらくいないはずだ。音紋データを得るのが目的だろう。西に、冷水塊がある。そちらへ逃げ込むことにする」

「それがいいでしょう。でも、スピードアップ時のデータを渡さないようにお願いします。私にとっては、敵はいつまでも敵ですからね」

「もちろんだとも」

艦長は、マーカスの肩をぽんと叩いて発令所へと戻った。スキップ・シートに腰を下ろすと、全員が、彼の次の命令を待って注目した。

ポール・アーネスト艦長は、「スター・トレック」のワンシーンを思い出した。カーク提督は、死んだはずのスポックの遺体を回収するために、馴染みの部下を従え、連邦政府の宇宙ステーションから、エンタープライズ号を盗んで遥かなる旅路へと就くのだ。

「では、諸君、われわれは、太平洋横断の新記録達成に挑む。潜航を命ず。針路2—7—0。速度七ノットで深度二〇〇まで一気に降りる。ゴーだ！」

全長一五〇メートル、一万八〇〇〇トンのポスト・イージス巡洋潜水艦・シーデーモンは、海面に微かな波紋を残して水中に没した。

第二章　デルタ・カイザー

ケビン・ケンウッド大佐は、朝靄《あさもや》の中をヒュンダイの軽乗用車に乗って移動中だった。

彼は、韓国人という民族に全幅の信頼を寄せていた。

グリーンベレーで、彼に特殊作戦のイロハをたたき込んでくれたのは、ベトナム帰りの韓国人下士官だった。

彼の部下になったアジア系アメリカ人の中でも、常に韓国系が最も優秀だった。

「どのくらい続くかな……」

「太陽が昇れば晴れますよ。海霧ですからね」

ハンドルを握るマッシュ・リー軍曹が答えた。彼は韓国系アメリカ人というより、韓国人そのものだった。

不法移民同様で親と入国し、グリーンカードを手にすると、すぐさま陸軍に入隊して、その才能を開花させた。

「向こうが半日もってくれて助かった。でなければ、今頃療養所の警備は倍になっている」

「ことですよ。説得じゃなく、誘拐ですからね」

舗装を幾重にも重ねたせいで、でこぼこだらけの道路を走り、軍曹は二メートル余りの高さの壁に沿った道路で車を止め、車を部下に預けて、二人で外へ出た。

二人とも、作業着とも白衣とも付かない、白っぽい上着を着ていた。

「ひどいな……。五〇メートル先も見えやしない」

「お陰でうまく行きます」

二人は、足跡を残さないよう、地面を注意深く観察しながら歩いた。

軍曹が、壁から一〇センチほど垂れているボロ雑巾の切れ端のようなものを見つけて、ジャンプしてそれを引っ張った。先に、一二ミリ径のロープが張ってあった。

それを使って上れという合図らしかったが、二人は苦笑しただけで、めいめいジャンプして、軽々と壁の上に上った。

丁度、調理場の裏のようだった。

軍曹が、「こっちです」と道案内する。彼は、予行演習と偵察を兼ねて、すでに二度、同じ時間帯にこの施設に侵入していた。

二人は、マスクをしながら建物の中へと入った。リノリウムの床に、消毒薬の臭いが漂っていた。

いったん、その建物を抜けて中庭に出る。浴場の裏手に出ると、今度は、その窓を開いて、浴場の中へと入った。更衣室を抜け、静まり返った食堂を通ると、両脇に鍵の掛けられた病室が並ぶ。

更に奥へと進むと、洗濯物を運ぶためのカートが、廊下のコーナーに止めてあった。

軍曹がそれを押しながら前へと進む。突き当たりに、鉄格子でガードされた一角があった。

警備員が、ちらとこちらへ視線をくれ、一番手前のドアへ顎をしゃくった。すでに、ドアの鍵は外されていた。

二人は、白衣のポケットから、小道具を取り出しながら、音を立てないよう、スライド式のドアを開けた。

昨日、軍曹が注文したとおり、レール上に油が塗ってあり、ドアは何の軋みも立てずに開いた。

マック・M・マクリーンⅢ世は、毛布を一枚纏い、背中を入り口へ向けて眠っていた。

ケンウッド大佐は、部屋の換気を確認し、空気が流れるルートを計算しながら、香水の小瓶ほどの小さな瓶の蓋を取り、マックの鼻の下に置いた。きっかり一分、顔を背け、そのままの状態で小瓶を保持した。

瓶の蓋を閉じてから二分待ち、腕をまくって更に麻酔薬を注射する。

大佐は、マックの身体を担ぎ起こすと、部屋を出てカートの籠の中に降ろし、上からシーツを掛けて隠した。

警備兵が、部屋の後始末をして鍵を掛けると、時計を指さして何事かを軍曹に囁いた。

「二分の遅れだそうです」

「トラックは時間通りなのか？」

軍曹がカートを押しながら小声で警備兵に尋ねた。

「もう着いているそうです。急ぎましょう」

食堂の裏側の調理場へとカートを押すと、そこでも男が待っていた。観音開きのドアに、パンを運ぶ軽トラックが横付けされていた。

大佐は、担いだマックを配送車の荷台の一番奥に入れて、頭の下に枕を入れると、ドア側に、パンの空箱のラックを載せ、軍曹と共に奥へと隠れた。

壁を叩いて運転席に合図すると、警備兵と運転手がドアをロックして車を発車させた。

「この程度の警備なら、壁越えでも逃げられたのにな……」

「駄目ですよ。問題は、ここじゃなく市内での抜き打ち検問ですからね。この時間帯は北のスパイが動きやすいので、偶《たま》に思わぬ場所で検問をするんです」

トラックは、すぐ玄関の警備所で減速したが、止まったのはその一度だけだった。

「あの二人、顔が似ていたな」

「兄弟です。こういう所の就職や出入りの仕事は、地縁血縁ですから。ほとぼりが冷めたら、大陸に渡って中朝国境の町へ脱出してビジネスに励むそうです」

「後は穴蔵へ入ってシーデーモンの到着を待つか……」

「予定通りなら、今頃もう、ハワイの半分まで行ってますね」

「そう。やっかいなフネだ。海軍には反対する声が大きい。シーデーモンが配備されたら、空母機動艦隊など不要になる。空母と、ごく僅かの守備駆逐艦を前進配備させ、本隊であるシーデーモン艦隊は、母港から駆けつければいい。大西洋を横断、地中海へ入ってスエズ運河経由でバーレーンに着くまで五日も掛からない。艦隊の数を半分に出来る。その値段は艦隊減で相殺できると言っても、軍の反対は大きい」

配送トラックは、釜山の町中を抜けると、港を見下ろす高級住宅街の手前で止まった。一行はいったんそこで車を替え、アジトへと向かった。

配送トラックは、軍曹の部下の手によって、港近くのスーパーの駐車場で捨てられた。その頃には、すでに霧は晴れ、朝日が街を赤く染めていた。

シーデーモンは、僅か二〇時間で、二〇〇〇キロもの距離を移動していた。

ハワイまでほんの一息という所だった。

シーデーモンは、深度三〇〇メートルを、時速六〇ノットという、魚雷並みのスピードで疾走しながら、マーカス・マクノートン元少佐が開発したペンダラム・ソナーの実験を行っていた。

ポール・アーネスト艦長が、マクノートン元少佐の背後に立ち、ヘッドホンを被っていた。

部屋の中には、最小音量で、ペンダラム・ソナーが流れている方向を示す断続的な音が鳴っていた。

それは、マクノートン、ただ一人のためのものだった。盲目のマクノートンに、ペンダラム・ソナーが、艦の主軸に対して、どの方角へ、何度ほど流されているかを教えるために、彼自ら、イルカの鳴き声を細工して作ったものだった。左舷側にソナーがある時は、高い音程で、右舷側にある時は、低い音程で鳴るようセットされていた。

艦長が注目する真正面のモニターには、艦のイラストと、艦尾から延びるペンダラム・ソナーの長さと、しなり具合が図示されていた。

ペンダラム・ソナーは、その名の通り、振り子のように、艦の左右へと曲がる。まるで、魚の尾鰭《おびれ》が左右に曲がるように、優雅に動いていた。

艦尾のスクリュー主軸から繰り出されるスペクトラム繊維でカバーされたソナーは、

時速一〇〇キロを超える艦速と反対方向に、二〇〇〇メートル繰り出されながら、先端部に付いた舵を操作して、ゆっくりと決められた方向へと曲がっていく。

最終的に、ソナー・アレイが埋め込まれたケーブルは、艦の進行方向に対して三五度まで曲がる。そのことによって、後方左右はもちろん、本来聴こえるはずのない艦の前方域の音まで拾うのだ。

いかな最新艦でも、速度を上げればメイン・ソナーの感度は著しく低下する。時速一〇〇ノットで海中を走った日には、ほんの一〇メートル先の爆発音すら拾えるかどうか怪しいものだ。

だが、このペンダラム・ソナーは、その問題を解決した。繰り出されたケーブルが、徐々に回収されるまでの間、ほぼ全周域にわたり、周囲の音を拾えるのだ。

「本艦の音を聴かせてくれ」

マクノートン元少佐は、左手に握ったグリップ型操作パネルのスイッチを操作し、ヘッドホンに流れ込む雑多な音から周囲の雑音を取り除き、シーデーモンが発する騒音を艦長に聴かせた。

「ボリュームをもう少し上げてくれないか？」

「これで最大ですよ」

「これで？　……。まるで、最微速で進んでいるような静けさだぞ。減速機特有の振動も無い」

「船体全体を空気の皮膜で覆っているようなものですからね。この程度の深度では、それは無いです。ただ、ある種のキャビテーション・ノイズは、むしろ普通の潜水艦より大きくなる。それをどうするかが、まだ技術的課題ですが」

「こんな音、普通に聴いても潜水艦だとは思わないだろう。きっと、海底での熱水現象と勘違いする。とんでもない技術革新だな」

「このソナーにも盲点はあります。アレイが延びきって回収し、再び繰り出されるまで、どうしてもタイムロスが生じます。それを一〇分とすると、時速一〇〇キロで走っていたら、一六キロも本艦は前進してしまう。とんでもないロスです。このシステムは、まだまだ改善の余地があります」

「それでも、これはとんでもない技術だよ。少なくともバッフル・クリアの必要が無くなった」

マーカスは、にやにや笑いながら首を振った。

「会社は軍相手にはそう説明していますけれどね、そんなに甘くは無いですよ。私なら、このシステムにだけ頼るような無茶はしません」

「ああ、あの海域に着いたら、通常の警戒措置を取ることにしよう」

艦長は、ヘッドホンを脱いでソナールームを後にした。

こんなのを敵に回したら、一〇年経ってもその行方を追うのは不可能だと思った。

リー・デビッド・デウ弁護士は、午前一〇時、シンガポールへ出張するため、金浦空港へ向かっている所を、携帯電話で呼び出された。

デウ弁護士を乗せたリンカーン・コンチネンタルは、そのまま三重のフェンスで守られたアメリカ大使館のゲートへと向かった。

会議室の一つに、アメリカ大使館の参事官で、マックのケースを担当していた中国系アメリカ人のメリー・リンと、韓国法務省の特命問題審議官で、やはりこの問題を担当しているキョンチョル・キムがいた。

そして、彼の後を追うように、陸軍の制服を着た人間が駆け込んできた。

「紹介するよ。まあ、情報部ということにしておいてくれ。イルナム・リー中佐だ。動きは？　中佐」

「マスコミに漏れました。箝口令《かんこう》を敷いたんだが、職員がテレビ局に電話を掛けたらしい」

肩を上下させながら、中佐が答えた。

「韓国語でよろしいですか？　参事官」

「ええ、もちろん。微妙な質問は英語でということを許して頂ければ」

四人は、オーバル・テーブルを囲んで座った。

「今朝、マック・M・マクリーンが釜山の更生施設から逃亡した。君は何か知っているかね？」

デウ弁護士は、一瞬ぽかんと口を開け、返事に詰まった。

「その……、どうやって？」

「夜間当直の警備兵と、その弟である、出入りのパン業者の姿が消えています。恐らく、明け方、朝食用のパンを運んできた配送車の荷台に乗って脱出したものと思われます」

中佐が説明した。

「今、その配送車を手配している所です」

「あり得ない。少なくとも、マック自身は、明日にでも死刑にして欲しいような口振りだったんだ。逃げ出すなんて……」

「心境の変化があったのかも知れない」

「療養所の医師たちに問い合わせればいい。そんなことはあり得ない。それに、療養所から脱走したとして、彼みたいな一目瞭然の白人が、たいした助けもなしに、どうやってこの国から脱出できると言うんだね」

中佐の携帯電話が鳴り、「まずい、こっちからかけ直す」と電話を切った。

中佐は、壁際の内線電話を取り、そこから釜山の陸軍情報部を呼び出して、ほんの二言三言だけ喋って切った。

「足跡が発見されたそうです。かなり大きい足跡だそうです。マクリーンとは違う、たぶん別の白人の助けがあったとみていいでしょう」

「だとしたら、考えられることは一つだ。彼の父親が、誰かを雇って息子を誘拐させたんだろう。ちょっと、向こうの弁護士と話をさせてくれ」

今度は、デウ弁護士が受話器へと手を伸ばした。相手が捕まるまで、しばらく待たされた。東部時間では、午後八時を回った所だ。

「もし、彼が見つからないようなことにでもなれば、世論は硬化する」

「それどころか、ミセス・リン、貴方のせいにされますよ」

「なぜ？」

「アメリカが裏で手を引いて、きっと軍用機でアメリカ本土へ脱出させたなんていうことになる。決まっているじゃないですか？　この国で都合の悪いことが起こったら、第一に日本の軍国主義のせい、第二にアメリカ帝国主義のせいになるんですから」

「それは困るわよ。米軍施設の警戒レベルを上げます。軍用機、立ち寄る艦船の警備を厳しくするわ」

「とりわけ、艦船に関しては厳重にした方がいい。アメリカ海軍には、マックの信奉者が多いですからね。どこで取り込まれたか解らない」

結局電話は、五分間たらい回しにされたあげく、本人はどこかのパーティに出席中ということで繋がらなかった。

「さて、第一に、われわれは国民に対して、身の潔白を証明しなければならない」

「FBIに、直ちに捜査を要請して下さい。会社ぐるみでなければ、こんなことは出来ない。きっと、誰かが後ろで糸を引いて、望まぬマックを無理強いして誘拐したんです」

「そうであって欲しいわね。抗議電話が大使館に殺到して、明日からデモ隊に包囲される羽目になるわ」

リン参事官は、途方に暮れた顔だった。そうでなくても、マクリーンの事件を巡っては、米韓関係はぎくしゃくしたのだ。

「とにかく、私は昼までにハックマン弁護士を捕まえます。彼が出なければ、彼もグルだということになります」

「じゃあ、どうしようもない。全部連中にかぶってもらうさ。GMHI社は、ゲリラに捕らわれた社員を、クーデターを起こしてまで取り戻す乱暴な会社だ。こういうことは看過できない。ここは法治国家だということを、彼らに理解してもらわなくちゃならん。外交ルートを通じて、正式に抗議する」

「私は、ＦＢＩに、会社経営者の事情聴取を依頼します。港や空港の警備を強化して下さいな。これ以上、この問題で米韓関係を拗《こじ》らせるのはご免です」

「記者会見をして下さい、リン参事官。われわれと歩調を取り、被告人の捜索に全力を尽くすことを発表して下さい。でないと、子供たちの遺影を持った母親が大使館に火を放ちますよ」

「そうね。釜山の領事館に海兵隊を派遣しないと」

「すでに、軍の警備部隊が固めています」

「もし、被告が領事館へ逃げ込んだ場合、われわれは有無を言わさず彼を、あなた方へ引き渡すことをお約束します」

「そう願いたいですな……。後は、警察と軍の活躍に期待しましょう」

「気を付けてくれ。彼の会社は、そっち方面でもプロだということを忘れないようにな」

「もちろんです」

中佐が自信ありげに答えた。

「捜査の指揮は、軍が執ります。まずは釜山に封じ込め、敵の出方を見ることにします。まあ、長丁場を覚悟で掛かりますよ。国民がヒートアップするのはやむを得ないですがね」

デウ弁護士は、自分がアメリカの会社から蔑《ないがし》ろにされたような感じで、気分が良くなかった。

せっかく、マックとの間に打ち解けた信頼関係を築くことに成功したのに、ささやかな挫折感を抱かずにはおられなかった。

きっと彼は、どこかの地下室で目が覚めたら、泣き喚くに違いないと思った。


マック・M・マクリーンⅢ世は、四角い窓と、洒落たシャンデリアが天井に下がる部屋で目覚めた。上半身を起こそうとしたが、目眩がして気を失いそうになった。

思わず呻《うめ》いた所で、誰かが、雑誌を閉じるような雑音がした。

「ああ、動かない、動かないで」

声の主は、電話機か何かを取って喋ると、ベッドに歩み寄り、彼の上に覆い被さった。

「ちょっと瞳孔反射を見ます。じっとして大尉」

大尉と呼びかけられたのは、随分と久しぶりのことだった。

ペンライトが眩しかった。

「無理に起きないで下さい。貴方は健康体だが、少々強い麻酔薬を使ったので、無理に動くとバランスを崩す恐れがあります」

軍医の口調だなとマックは思った。医者は、それからマックの脈を取り、聴診器を胸に当てた。

ドアが開いて、一番見たくない顔の男が姿を現した。

ケビン・ケンウッド大佐は、壁際のパイプ椅子に腰を下ろした。その、豪華な部屋には不似合いに粗末な椅子だった。

「やあ、マック、気分はどうだい？」

大佐は、硬い表情のまま質した。

「父の命令かね？」

「うんまあ、その辺りのことは、おいおい話をしよう」

マックは、ベッド上に上半身を起こした。

医者は、自分の仕事を終えると、「軽い食事を持ってこさせよう」と部屋を出ていった。

「なんて馬鹿なことを……」

マックは、顔面を覆って嘆いた。

「軽く朝食を取って、それからゆっくり話をしよう。ハックマン弁護士の手紙を預かっている。ことは、君一人の身柄の問題では無いのだ。会社の命運が懸かっている。最初に断っておくが、最終的に君がこの国から逃げるかどうかは、君の判断に委《ゆだ》ねられている。われわれは、君をこのまま東南アジアから南米の秘密アジトへ運ぶようなことはしない。だが、今は、すまないが君は人質として扱わせて貰う。見張りが付く。叫んでも、怒鳴っても、ここから隣の家まで、一〇〇メートルの鬱蒼とした林があって、声は届かない。君のためでもあるが、会社の利益のために、冷静な行動を取ってくれることを望む」

「ああ……、同意しよう」

「君が望むなら、インターネット・フォンで、ブレンダやミリーと話せるよう手配するが？」

「いや、その必要は無い。私はどのくらいここにいればいいんだ……」

「長くても五日、君をいったん回収するために、シーデーモンが向かっている」

「シーデーモン？」

「T412のニックネームだ」

「稼働状態にあるのか？　……」

「そう。採用は逃しつつあるが、T412自体はわれわれの手中にある。君の奪還は、その件とも関係がある。まあ、それは後でいいよ。まずは食べてくれ」

ケンウッド大佐は、喋っている間、一度も笑顔を見せなかった。

解放者というより、それは冷徹な誘拐犯人の態度だった。

国防総省地階のオペレーション・ルームでは、海軍作戦部のジョン・ハリマン少将が深夜のデルタ・チームと共に当直任務に就いたばかりだった。

彼のもっかの懸念は、カリブ海に接近中のハリケーンぐらいだった。キューバ沖に張り付いた四隻の駆逐艦が気がかりだった。

ハリマン提督は、席に着くなり、部下に、現地のウェザーに注意を払うよう命じた。そして、足下に置いたブリーフケースから、星条旗新聞を取り出し、テーブルの上に置いた。

何事もなければ、彼は、明日の朝にはこの緊張から解放されるのだ。

だが、その平和は、新聞を広げて五分と経ずに破られた。

沿岸警備隊からのホットラインは、いつになくトーンが高いように感じられた。

オペレーターが、位置情報をスクリーン上にプロットし、画面を拡大表示して行く。

「提督、西海岸です。フィリピンの貨物船が、US・NAVYのロゴのあるライフラフトを四艇発見し、これから収容するようです。該当船舶からの無線では、五〇名近い遭難者は、全員、海軍の作業服を着用しているとのことです」

「何かいたのか？」

「わが軍の艦艇なら、半日ほど前、補給艦一隻が通過したのみです。海岸から二〇〇キロは離れています。全海域において、連絡を絶った艦艇はおりません。何かの間違いだとしか……」

「念のため、一番近い基地から、哨戒機を離陸させろ。妙な話だな。天気は好いし」

それから一〇分も経ずに、今度はサンディエゴのノース・アイランド航空基地内にある第三艦隊司令部からホットラインが入った。「誰だって？」

「参謀情報部のクラッシャー中佐であります」

「回せ」

提督は、テーブル上のホットラインの受話器を取った。

「デルタ・カイザーのハリマン少将だ。何事か？」

「サンディエゴ沖で救助された海軍軍人を名乗る者は、T412の艦長ビリー・ロードウッズ中佐でありまして、さきほど、ほんの三〇秒間、船舶無線を使用し、ブラガ式暗号を用いて緊急メッセージを送ってきました。読みます。GMHI社クルーによってT412はシージャック、韓国へ向かう模様――。以上です」

中佐は、そのメッセージを二度繰り返した。提督は、副官を呼んで、メモ帳を出せと身振りで命じた。

「了解した、中佐。まず、本件は、最高度の機密指定とする。第二に、付近にいる一番近い艦艇を現場に向かわせよ。第三に、直ちにヘリを飛ばして、艦長だけでも回収しろ。コーストガードは、うまいことあしらえ。以上だ。君は、連絡が取れる場所にいてくれよ」

「了解であります、提督」

受話器を置くと、提督は、一瞬、口の中で悪態を漏らした。皆が、指揮官の命令を待って、雛壇の提督を凝視していた。

「よし、諸君、迅速に動こう。まず、T412の計画責任者を呼び出せ。ハワイの太平洋総軍司令部へ緊急電だ。太平洋の水を全部掻き出してでもT412を捜し出せと伝えよ」

提督は、引き出しを半分開けかけ、再び閉じた。そこにあるのは、ホワイトハウスへのホットラインだった。

まずは、作戦本部長と、国防長官の耳に入れることが第一だ。

提督は、きびきびと動いた。就寝中の海軍作戦本部長が電話口に出ると、感情を殺した声で、「まずい事態になりました」と告げた。

まずい事態だが、まだ彼には、挽回できるという自信があった。彼らは、史上最強の第七艦隊の守備範囲へと飛び込もうとしていたのだ。

マクリーンは、シンクパッドの画面上で、ハックマン弁護士の手紙と、サルベージされたメールのやり取りを読んだ。

だが、彼は心を動かされた様子はなかった。

「思い当たる節はあるかね？」

ケンウッド大佐は、庭の向こうから響いてくるサイレンの音に一瞬気を留めながら尋ねた。

丘の上にあるせいで、町中のサイレン音が響いてくる。

「はめられたんじゃないかと思ったことはあった。それをカウンセラーに話したこともあったよ。ただ私は、猜疑心は中毒症状の一つだと理解していた。だったら、どうだと言うんだ？　彼らが火を点け、子供たちを焼き殺した訳じゃない。私が理性を失わなければ、誰も死ぬことは無かった」

「証拠が欲しいんだ。君がはめられたという証拠がね。薬物の入手ルートに関して、記憶していることを全て話して貰う」

「それでどうするんだ？　ある日、何処からともなくふいに法廷に姿を見せて、身の潔白を訴えるかね。司法取引で、私の身柄を韓国に引き渡すのはアンフェアだとテレビ・カメラの前で泣いて見せるかい？」

「基本的には、それは君自身の判断による。われわれはただ、君がはめられ、それを計画したのがMSI社だということが解りさえすればいい。そうすれば、会社はいくらか救われる」

「そんなことのために、いったい何十人のＧＭＨＩ社の社員や家族がＦＢＩやＣＩＡから追われる羽目になるんだね？」

「下を見て、ざっと五〇名ほどだろうな。だがそれは問題じゃない。いざとなれば、司法省と取引する手もある。われわれ実行犯は無理だがね。とにかく、話してくれ。元ＦＢＩの専門家を連れてきた」

「馬鹿げている。ヤクの売人に、俺が育ったのはダウンタウンだから無罪だと弁解させるようなものだ」

「会社にとっては違うな。正義を明らかにする価値はある。それが君の経営哲学じゃなかったのか。マック、この作戦の指揮を執っているのは、ファナブル提督だ。彼は、会社のためではなく、マック個人への恩返しとして、この作戦を決行することを表明した。全員が同じ気持ちだ。マック、われわれは、君という男を知っている。辛いのは解っている。だが、もう起こったことだ。後悔しても始まらない。ならば、せめて前向きに生きようじゃないか」

「ロビンと話をさせてくれ。もし捕まるんならな」

「ああ、そうする。ほんの数日の辛抱だ。われわれは、ブレンダやミリーにとって安全な場所で、君たち親子を再会させたら、後の行動は、君の判断に任せることを誓い合った。君の自由をそれ以上拘束することはない」

「ブレンダが来るのか？」

「ああ、すでに日本に入っている。もう少しの辛抱だ」

家族との再会という言葉に、マクリーンの心が揺れた。


海軍作戦本部艦艇装備計画局のクリスティン・ブレット中佐は、弾丸という名とはほど遠い、物静かな印象の士官だった。

銀縁眼鏡の表情は、まさしく学究肌と呼ぶに相応しいとハリマン提督は思った。

「さて、状況を整理しよう。マディソン、頼む」

「はい。提督」

オペレーション・ルームの隣の小会議室で、参加者の中で一番若いトーマス・マディソン大尉が立ち上がった。

「ロードウッズ艦長は、まだヘリの中です。シージャックの発生は、およそ二八時間前、西部標準時で、艦内で夕食が出された直後であると思われます。ズールータイムの〇二：三〇時辺りかと。士官全員、同調しなかった乗組員、会社の技術者、三八名がラフトで脱出した模様です。首謀者であるポール・アーネスト元海軍大佐は、艦長の、マックを助けに行くんだな？　という問いに、まあ、そういうことだと答えたそうです。艦長の意識はここまででしたが、他の乗組員の話等総合して、計画艦T４１２、シーデーモンが韓国へと向かったことは間違いないものと思われます」

「最後にシーデーモンの位置が確認されたのは？」

「ロシアのビクターをワッチしていたロス級原潜が。ただし、それは二四時間前の話で、ポイントは、この辺りになります……」

提督は、こんな大ざっぱなチャートは初めて見たと思った。何しろ、一枚の地図に、サンディエゴから釜山まで収まっているのだ。

シーデーモンが配備されたら、この手の味も素っ気もない地図と付き合わされる羽目になるのだ。

「無茶苦茶だな……」

「巡航速度七〇ノットの時代に突入すれば、持ち歩くチャートの数は十分の一に減りますよ」

ブレット中佐が、後ろで結んだブロンドの髪を撫でながらこともなげに言った。

「彼らは、今どの辺りにいるんだ？」

「予定通りの全力航行試験を行っているとして、直ちに全力運転に移った場合、すでに二〇〇〇キロを移動、ハワイ諸島北方一〇〇〇キロまで接近していることになりますね。最短で三日、四日もあれば釜山に着きます」

「付近に展開中の艦船は？」

「第三艦隊の水上艦部隊はいませんね。指揮艦〝コロナド〟は今、メキシコ沖で訓練中です。パールハーバーから出すしか……。潜水艦部隊は、ベーリング海からサンディエゴへ帰還中のオハイオ級〝テネシー〟とロス級の〝コロンビア〟がいます。それぞれ五〇〇キロ以上も離れていますが」

「どこかで網を張らなきゃならない。パールハーバーに任せるしかないな。バーバーズ・ポイントのP－3Cもいることだし」

「勝負は、日本に近づいてからでしょう。五〇メートル・プールの中で、透明なメダカを探すようなものです。それも、端から端まで五秒で泳ぎ切るメダカを。太平洋では無理です。釜山へ近づけば、速度を落とさざるを得ない。必ず発見できます」

ブレット中佐が言った。

「馬鹿を言え……。海軍の面子もある。GMHI社の会長は捕まったのか？」

「遠回しに調べました、コロラドの山の中で休暇中だそうです」

「国内の捜査はFBIに委ねる。国防長官の決定事項だ。明日、朝一番で、記者会見を開かねばなるまい」

「私は、すぐ日本へ飛びます」

「待ってくれ。明日の記者会見には、スケープゴートが必要だ。中佐」

「私は、この計画に加わってましたが、責任者は艦艇局の局長になります」

彼女はむっとして抗弁した。

「とは言ってもな、一番詳しいのは君と言うことになる」

「設計の主導はＧＭＨＩ社で、軍はほとんど関与していません。私も、あれに乗って航海したのは、トータルでほんの一週間です。とにかく、ハワイで行方を見守るより、横須賀か厚木で日本の対潜部隊をコントロールした方がましです」

「解った。とにかく、明日の記者会見に出ろ。それから向かえ」

「ＧＭＨＩ社の最高顧問弁護士のハックマンはまだ捕まりません。議会のパーティに顔を出していた様子です」

ブレット中佐が、眉根を揉みながら、何かを呟いた。

「何か？　中佐」

「シーデビルは何処ですか？」

「シーデビル？」

「ええ、ＵＮＩＣＯＯＮのシーデビルです」

提督は眉をひそめた。

「ああ、あのヘル・メイヤのオモチャか。さあな、連中は居場所なんか教えてくれんからな。だが、ここしばらく世界は静かだ。日本へ帰っているんじゃないのか。あそこも国境問題を抱えている様子だし」

「いざとなれば、プラットフォームとしてのシーデビルが必要になるかも知れません」

「なぜ？　日本は一〇〇機ものＰ－３Ｃを持っている。あれでこと足りるじゃないか？」

「場所が問題です。もし韓国の勢力範囲内へ侵入するとなると、韓国は日本の軍隊があのエリアで行動することを望まないでしょう。かといって、韓国海軍の能力では、とても発見は無理です。シーデビルを頼るしかない」

「ヘル・メイヤに頭を下げるか……。ぞっとするよ」

「お会いになられたことがあるんですか？」

「私が？　まさか。好んでワニの前で笑顔を振りまこうとは思わないよ。いくら出世したくともな。そういう話は、海軍省の連中にして貰うよ。君は作戦向きの性格らしいな」

　提督は、学究肌だとばかり思っていたが、意外な側面を見たような感じだった。この女の経歴を調べる価値がありそうだと思った。

「まずは、ハワイの連中が成果を挙げてくれることを祈ろう」

「韓国政府と、何らかの協議を持つ必要が生じると思いますが？」

「そんなのは国務省に任せておけばいい。連中からせっつかれるまでは、われわれはいかなる政府とも協議しないし、データも渡さない」

「ハワイへは、撃沈の許可を出してよろしいんですか？」

作戦部のウィリアム・フレイクス大佐が、肝心なことを尋ねた。

「そうだ。この後、どこでキャッチできるか解らないからな。どの道、あれは採用の見込みはない。とんでもないよ。あんなのがポスト・イージスだなどと。他に問題は？」

「世論の反応が心配です」

情報部のロバート・グラット中佐が顔を上げた。

「まずいですねぇ。ＧＭＨＩ社は、跡取りが事件を起こした後、広告代理店を雇ってイメージ作戦を展開し、それはかなりの成功を収めました。マック・Ｍ・マクリーンは、国を代表するような大企業の跡取りでありながら、海軍に入隊して士官として任務を果たし、会社経営においても人望を集めていた。事件は、アメリカン・エリートなら誰でも陥る恐れのある麻薬禍の不幸な出来事の一つで、マック・マクリーンは、その麻薬戦争の犠牲者であるというイメージ作りに成功しました。それを、会社の社員たちが最新鋭の軍艦を乗っ取り助けに行く。アメリカ人ならわくわくするようなヒーロー・ストーリーですよ。軍は悪役になる。この手の作戦では、われわれ軍より、企業の方が数枚上手です」

「気を付けてくれよ。こんなことで海軍の評判を落としたくはない。あのフネが国民の血税でもって造られ、しかも彼らは、乗組員を海上にラフトで置き去りにし、危険に晒したということを繰り返し強調するんだ」

「解りました。広報に徹底させましょう」

「明日の記者会見は誰が仕切る？」

フレイクス大佐が、嫌ですよという顔をした。

「提督じゃまずいんですか？」

「私はただの深夜当直だ。緊急事態を解決するのが任務であって、Ｔ４１２計画にはタッチしていない。そんなのはシステムズ・コマンドの役目だろう」

「確か、事件発生時のチーム・カイザーが解決まで担当するという不文律があったはずですが……」

「嫌なことを思い出すなよ、大佐。いいだろう。どうせ作戦本部長が矢面に立つことになるだろうが、要点を纏めておいてくれ。メディアに隙を見せないようにな。全てを把握しているように振る舞え。まずは、バーバーズ・ポイントのＰ－３Ｃ部隊の活躍に期待しよう。連中の網に引っかからなければ、後は日本で迎撃するしかない。それから、大佐、韓国の駐在武官に、FＢＩに会社のトップを確保させること。それから、大佐、韓国の駐在武官に、公式ルートで警告を与えておけ。事態は楽観を許さないが、われわれは自力で解決する自信があるとな。ああ、それから、肝心なことだ。シーデーモンの性能に関して公表する必要はない。韓国に対しても隠しておけ。決着がついた頃には、ようやくメディアがそろそろハワイ沖かと騒ぎ始める頃だ。そうしておきたい」

「了解しました。シーウルフのデータを書き換えて、例のＭＳＩ社がリークした情報と整合性を取って公表します」

「まったく、ＭＳＩ社も阿漕《あこぎ》なことをする。あそこまでやらなくても、Ｔ４１２は沈み掛かっていたのに」

「星条旗新聞に、一線の水上艦乗りから投書が殺到しているそうです。あんな潜水艦まがいのフネに、次代の艦隊を委ねるわけにはいかないと」

「ま、そりゃ誰が考えたってそうだよな。誰が見たってあれは潜水艦だからな。ああ、そうだ。乗っ取った連中の軍歴を朝までに提出しろ。ＧＭＨＩ社に君臨するファナブル提督は捕まったか？」

「いえ、数日前からヨットで航海中だとか」

「臭いな。それも併せてＦＢＩに調べさせろ。シーデーモンを狩り出せる自信が無い以上、今の内に保険を掛けておくぞ。人的な部分は全部ＦＢＩにおっかぶせろ。まず、ハックマン弁護士を捕まえろ。ＧＭＨＩ社の経営からすると、ハックマンも関わっているはずだが、彼は最後までしらを切り通すだろう。だが会社を守るために、彼は出てこざるをえない」

「ハックマンをご存じですか？」

「ああ、一筋縄ではいかん男だ。どうせ明日になれば、何喰わぬ顔で出て来るさ。彼だけは、ＦＢＩに渡さず、こっちで尋問する。では、掛かろう。これ以上、事件が起こらないことを祈るよ。ファナブルに、ハックマンに、ＧＭＨＩ社。手強いぞ。あれは、海軍の一番いい所だけを取った組織だ」

提督は、やる気満々の顔で立ち上がった。久しぶりに、気骨ある敵に巡り合えたような、潜水艦を狩る駆逐艦艦長の顔だった。

ファナブル提督は、オフィスのブラインドの隙間から、シリコンバレーに沈む夕陽を眺めていた。

驚異的なことだった。この二四時間の間に、シーデーモンは、ハワイ―大西洋海岸の半分を渡りきったのだ。

天気も何も気にする必要は無い。物流に応用すれば、十分航空輸送便に対抗できる輸送手段になれる。海はまだまだ無限の可能性を持っている。

道路沿いのパームツリーのてっぺんに、沈む夕陽が反射していた。

「……ああ、レッド・アラートを確認した。コーストガードの無線もサンディエゴでキャッチしているから間違いないだろう。その後箝口令が敷かれたみたいだが」

「誰が指揮を執るんだ？」

コロラドの山荘にいるジョージ・M・マクリーンⅡ世の衛星電話の音声には、鳥のさえずりが入っていた。向こうは、もう暗くなっているはずだった。

「今夜のデルタ・カイザーがそのままクライシス・マネージメントに当たるから、たぶんジョン・ハリマン少将だろう。そつのない男だ。うまくやってのけるだろう。無駄な努力だが。シーデーモンが浮上したら状況を伝える。ロビンから連絡は？」

「いや、もうパーティはとうに終わっている。そう時間稼ぎも出来ないだろう」

「予定通りだ。たとえ彼が作戦の細部を知っていて喋ったとしても、阻止は出来ない」

「そう願うよ。ケビンから連絡があった。マックは大丈夫だそうだが、困惑しているそうだ」

「時間が解決するとしか言えないな。君に似て頑固な奴だ」

「ああ、そうだな。私が出るべきタイミングを見失わないように頼むよ。いつまでも逃げ回るつもりはない」

「解っている。それは、ロビンが的確な判断を下すだろう。体調は万全かい？」

「ああ、やるべきことはやった。会社のことも含めてな。じゃあ、そういうことだ。幸運を祈っている」

「ああ、嵐の後はベタ凪《なぎ》になるもんさ」

提督は、受話器を置くと、ＮＴＤＳ海軍戦術情報処理システムの末端情報のモニターに視線を動かした。

それは、ギャップフィラーと呼ばれる衛星システムから情報が降りていた。米海軍は、最新鋭のリース衛星システムに更新しつつあったが、まだギャップフィラーも健在で、しかも、そちらはセキュリティが弱く、そもそもＧＭＨＩ社がシステムの開発を狙った経緯があった。

米海軍の情報は、彼らに筒抜けだった。

彼らは、シーデーモンに一番近い潜水艦の位置情報すら持っていた。


国連職員の斗南無湊《みなと》は、本部ビルの地下駐車場へ降りて、バイクへ乗り込んだもののの、ゲートで引き返すよう命じられた。

彼の国連生活では、別に珍しいことでは無かった。彼は、ことニューヨークにいる時だけは、日本人以上に働いていた。

ヤマハのバイクを駐車場に戻し、エレベータへと乗り込む。国際連合統合指令作戦機構――ＵＮＩＣＯＯＮを指揮するメナハム・メイヤの専用フラットは、テロ攻撃を防ぐために、迷路のような構造になっていた。

斗南無は、最短ルートを使い、秘書室の裏口ドアから入った。そこは、いざという時のメイヤの脱出口でもあった。

「斗南無、表から入れと言っている」

その仕事ぶりを称してブル・メイヤ、または残忍さを称してヘル・メイヤと呼ばれるメナハム・メイヤは、アフリカ大陸の出身で、次期国連総長の候補者の一人でもあった。

彼はまた、この国連において、最も実力を有するが、最も敵を抱える人物としても知られていた。

「国連にだって、労働基準法はあってしかるべきだと思いますよ」

「われわれには無い。とりわけ、現場の兵士には、そんなものは必要ない。シーデビルは何処だ?」

「まだ沖縄だと思いますよ」

「国連任務への復帰を命ずる」

「何処へ?」

「解らない。たぶん、近所だ」

「どこの?」

「日本のな。シーデーモンのニュースは読んだか?」

「シーデーモン? 私はずっと、アフガンからスタッフを離脱させる手配に忙しかったんです。アレクセイはまだカブールに留まったままだし、新聞なんか……」

「後で読んでおけ。インターネットで検索を掛ければ、軍事マニアが作った怪しげなホームページがあるだろう。とにかく、シーデーモンと呼ばれるアメリカ海軍の潜水艦が乗っ取られて韓国へ向かっている。シーデーモンは、GMHI社が開発した最新鋭の潜水艦というか軍艦で、そいつらは、韓国で、すでに会社オーナーのドラ息子を奪還した」

GMHI社の跡取り息子が韓国で起こした事件だけは、斗南無も知っていた。

「シーデビルが、いつ頃まであの海域に留まる必要があるのか私は聞いてません」

「近々妙な動きがある気配は無い。しばらくステーションを離れても構わないだろう」

「しばらくと言っても……。連中は、たかが潜水艦でちんたら太平洋を渡って御曹司を奪還しに行ったんですか？」

「たかが潜水艦ではないらしい。ほんの四日で韓国へ着くそうだ」

「馬鹿な……」

「詳しくは知らんよ。さっき、国務省の友人から電話を貰った。後で国防総省から、正式な出動依頼が来るだろうからと」

「知ったことじゃない」

斗南無は一言で切って捨てた。

「GMHI社のお陰で、われわれがどれだけ煮え湯を飲まされたか忘れたわけじゃないでしょう？　中東じゃ、人質交渉をやっているさなかに、傭兵を雇っての人質奪還作戦を起こされ、革命政権と国連との信頼関係をぶち壊してくれた」

「米韓関係がこれ以上拙くなって損をするのは国連だ。北がつけ込まないとも限らない。いずれにせよ、米韓の歩調が乱れるのは私の望む所ではない」

「韓国へ行くんなら、第七艦隊だっているじゃないですか？　日本のＰ－３Ｃ部隊だっている。あれで十分でしょう。何もシーデビルを出さなくても」

「米軍に恩を売れるじゃないか。それだけでも価値があるというものだ。それに、国防総省からの話では、捕獲は極めて困難との話だ。私は、軍服どもが来たら、せいぜい煙にまいてやるよ。ＵＮＩＣＯＯＮの協力を、高く売りつけてやるつもりだ。日本へ飛ぶ準備をしろ」

「私でなきゃ駄目ですか？」

「日本の問題でもあるからな。それに、ＧＭＨＩ社に復讐するチャンスだぞ。見事ひっ捕まえて見せればな。撃沈でも構わない」

「貴方の自己顕示欲を満足させるために、駆り出されるんじゃ迷惑ですよ」

　メイヤは、にやりと笑って反応した。

「斗南無、私は、シーデビルの性能と、乗組員を信頼している。どんな新鋭艦か知らないが、奴らは痛い目に遭うだろう。それでいいじゃないか？」

「われわれの仕事ですかね……」

「考えてもみろ。もし連中がドラ息子をまんまと韓国から連れ戻すことに成功したら、韓国世論は沸騰して、米韓関係は一気に冷え込む。中東のもめ事と西アジアの混乱だけで精一杯なのに、この上誰が好んで心配事を抱え込みたい？　事態の推移を観て日本へ飛べ」

「カブールのアレクセイはどうするんです？」

「奴にとっては、第二の故郷みたいな所だ。放っておけばいい。自力で脱出するさ」

斗南無は、自分がカブールに入っていたらと思って寒気が走った。よくもこのヘル・メイヤの下で今日まで生き延びられたものだ。

「アメリカからは、きちんと手数料を取って下さいよ。せめて未納の分担金の金利ぐらいは払うよう」

「ああ、任せておいてくれ、斗南無君。知っての通り、私はその手の悪役には自信があるのだ」

斗南無は、呆れた顔で部屋を辞すると、オペレーション・センターから、シーデビルの現状報告を求める無線を打たせた。

俺の身辺がちょっと平和だと思うと、すぐ仕事を作る輩がいる。日本に帰るなんざうんざりだと思った。

どうせメイヤは、本部に帰るなり、「休暇はどうだった？」と皮肉で迎えるのだ。

第三章　コロンビア

ＧＭＨＩ社最高顧問弁護士のロビン・Ｒ・ハックマンは、したたかアルコールの臭いを振りまいていた。

ハリマン提督は、換気扇を通じて国防総省中に、その臭いが充満するのではないかと思った。

「再就職を世話しろというんなら、止めた方がいいぞ提督。明日には、この私ですらレイオフされるかも知れんからな」

ハックマンは、舌打ちし、上着のボタンをだらしなく外し、いまにものけ反りそうなほど斜に構えながら、ふてくされた態度で喋った。

「……所で提督。ひょっとして、ペンタゴンもズールータイムで動いているのかね？　私の時計では……、ええと、時計は何処だ？」

ハックマンは、左手を叩いてチェッと舌打ちした。

「どこかに忘れたらしい。あれはいいものだったんだがな……」

「ミスター、酒が抜けるまで芝居を続けますか？」

ハリマンは、ようやく口を開いてぶすっと告げた。

「いいじゃないか。この半年間、私の会社はとんでもない荒海を航海していたんだ。日に一〇回は謝っていた。知っているかね？　東洋式の謝罪のボディランゲージを。こうなぁ、腰を折るんだ。腰を折って、相手の眼をみちゃいかん。地面を見るんだ。その時は。四〇度は傾けろと日本の友人はアドバイスしてくれたよ。所で何時なんだ？」

「東部標準時で三時です。午前の――」

「で？　ＳＷＡＴまで差し向けてパトカー一〇台で私の家を囲んだ理由は何だ？」

「もし、ご存じなければ、お教えしましょう。韓国で、マック・マクリーンが何者かによって誘拐というか、脱走しました。海軍の指揮下に入って、事実上の処女航海に出たシーデーモンは、アーネスト大佐に乗っ取られて行方不明。貴方がたは、四〇名もの乗組員を海上に置き去りにし、危険に晒した」

「面白い話だ。ハリウッド辺りの脚本家に売ろうじゃないか」

「われわれは面白く無い。米韓関係は滅茶苦茶、海軍の面目は丸つぶれだ」

「そいつは気の毒だな。で、私にどうしろと言うんだ？」

「経営者のマクリーンⅡ世も、ファナブル提督も行方不明。捕まったのは貴方だけでしてね」

「私を頼って貰っても困るぞ。私はＴ４１２のシステムに関しては門外漢だ。それに、君はそのストーリーの登場人物たちが、私にいったい何をさせたというのだね？　私に出来ることと言ったら、他人のあら探しをして法廷で喚き立てるぐらいのことだ」

「ご存じのことを仰って下さればいいんです」

「知らんね」

「あんたは、中東の某国でGMHI社がクーデターを引き起こした時だって、そうやってしらを切ったじゃないか」

「それを言うなら、私は何も知らされていなかったし、だいたい何処の国の話だね？わが社はクーデターをビジネスとして請け負ったことなどないぞ」

「じゃあ、貴方が答えられる質問をしましょう。オーナーと、ファナブル提督の居場所は何処です？」

「さあね。本社に聞くんだな。この頃、疎遠でね。ファナブル提督は、T412が採用を逃しそうなのは、私の働きが足らないせいだと言うし、オーナーは、異国で捕まった息子を取り戻せと無茶を言う。酒の一つも飲みたくなるよ。所で提督、口の効き方には気を付けた方がいいぞ。何しろ、私は海軍に知己が多い」

「覚えておきますよ。せめて、私がお役御免になる時まで、GMHI社が存続してくれているといいですね」

「私は知らんな。あの会社とのつきあいもそう長くは無いような気がするよ。人間、いつかは引退しなきゃならん。会社の寿命が永遠だなどという迷信は、この街では通用しない」

「結構です。ハックマンさん。お引き取り頂きましょう。あなた方が海軍の裏表を知り尽くしているように、われわれは、GMHI社が一筋縄では行かないことを知っている。たとえ貴方がこの無謀な計画を知っていたとしても、シーデーモンの奪還に、何らかのプラスになるわけでは無い。でも、覚悟して下さいよ。FBIは、貴方を尾行するし、電話を盗聴するし、最終的には、合衆国財産の横領、国外犯幇助や、ま、一〇かそこいらの罪状を見つけて起訴することになる」

「まあいいさ。会社と国家と社会に奉仕した弁護士人生だ。最後の仕事が自分の弁護であっても神は大目に見てくれるだろう」

ハリマン提督は、あっさりとハックマン弁護士を解放した。もともと、彼からたいした情報を得られるとは期待していなかった。

単に、軍は事態を把握できているということをのみ、彼らに警告できればいいのだ。

隔離された小部屋を出ると、マディソン大尉が待っていた。

「ハワイからです。さきほど、〝コロンビア〟から反応があったそうです。直ちにシーデーモン追尾に移ると。P‐3Cは、発進できる全機が基地を飛び立った模様です」

「ハワイへ伝えろ。せいぜい二〇時間が限度だ。それを過ぎると、ハワイ周辺でシーデーモンをキャッチできる可能性は皆無だと」

艦船では無く、戦闘機の領空侵犯機を追っているような気分だった。

海上自衛隊の〝ゆきかぜ〟ことUNICOONの〝シーデビル〟は、波浪四メートルの時化《しけ》の中にいた。

海上保安庁の巡視艇が、赤外線暗視装置の中で、浮き沈みしていた。すでに日没を迎え、水平線も闇に没した後だった。

ようやく、対潜ヘリコプターの離艦に掛かろうとしていた。

SH－70を改造した〝コマンチ〟ヘリコプターは、多目的ヘリとして、対潜から、対戦車任務までこなす。

搭乗員は、機長の荒川道男《あらかわみちお》三佐と、海上保安庁から出向している水沢亜希子《みずさわあきこ》一等海上保安士、そして、機付き整備員を兼ねる対潜員であり、水沢一等保安士の婚約者でもある脇村賢吾《わきむらけんご》二曹だった。

海上保安庁のパイロットが乗っている理由は、海保もこのフネの設計に予算を出したからであり、それもあってシーデビルが、この緊張する海域で、黒子として海保のバックアップに当たっていたのだった。

エレベータに乗って飛行デッキに現れたコマンチ・ヘリは、すぐさまローターを展張してフライト前チェックに入った。

脇村二曹が、後部キャビンに入って、対潜ステーションのモニターをチェックする。

「間違いないと思うけどなぁ……」

「こっちの潜水艦じゃないだろうね？」

「いえ、うちの部隊は、もっと後方で待機することになっています」

脇村は、ヘッドセットでブリッジを呼び出した。

「こちらブルーアイ、発音弾使用の許可は来ましたか？」

「いや、まだだ。もうちょっと待ってくれ。もし捜索中に届いたら、衛星回線で知らせる。フライト後の無線は全て衛星回線で頼むぞ」

「了解」

前面キャノピーを激しく水滴が叩く。シーデビルは、レーダー反射を最低限に抑えるために、フライト・デッキの両端まで舷縁がそそり立っていた。従って、コクピットからは海面が見えない。

フネのピッチやローリングは、コクピット・パネルの傾斜計でしか読めなかった。

「よし、行こう！」

ローターが回り始める。コーパイの水沢一等保安士は、レフトシートで、暗視ゴーグルのモニターに顔を埋めた。

「風、一〇時方向から七ノット程度です」

モニターの左上、ブリッジの左サイドに、長さ一メートルほどの鯉のぼりが、吹き流しの代わりに巻き付けてあった。

「一時間ぐらいで帰って来たいな。この天気じゃ、低空での旋回は危険だ」

コマンチ・ヘリは、ふわっと舞い上がったが、すぐ風に叩かれて右舷へと流された。

機長は、くるりと機体を回して機首を風に立てた。

「方位を0—3—0へ願います。一〇分で着きます」

片瀬艦長と桜沢副長は、CICルームの巨大フラット・スクリーンを挟んで、それをワッチしていた。

シーデビルの状況監視スクリーンは、壁掛けタイプではなく、テーブル型のそれで、上から見下ろすような形になっていた。

「たいへんですね、海保さんも」

「かなわんね。こんな所に一〇隻ものフネを数ヶ月も張り付けるなんて、みんな過労死寸前だそうじゃないか」

二人が被るヘッドセットに、通信室から、ニューヨークとの電話が繋がった知らせが入った。

「繋いでくれ……。斗南無君か？　そっちはもう朝じゃないのかね？」

「人使いが荒い所でしてね……。抜けられそうですか？」

「いや、現状では非常に厳しいな。今も、潜水艦を一隻探知した所だ。われわれがここを離脱すると、海中の警戒は、こちらの潜水艦部隊に頼ることになるが、潜水艦では警告を発するのもシビアだし、海保との連携にも支障を来す」

「韓国の例のニュースですけれど、大事件だったんですか？　ここのところ、ずっと外回りでニュースとか聞いてないんですけれど？」

「ああ、何しろ、熱しやすい国民だからね、あれは拙かったよ。麻薬中毒による幻覚で、雑居ビルの地下のバーで暴れたんだ。駆けつけた警官を殴り殺して、あげくにカウンターに火を点けた。上の階が学習塾でね。逃げられなかった小学生が多数焼け死んだ。なんでも、釜山にある造船所の技術供与の話でこっちへ来ていたらしいが。でも、米海軍の友人から聞いたが、本人は大企業の御曹子にしては、とても出来た人物らしいじゃないか。だが、犠牲者のほとんどが子供たちじゃね、世論は許さないだろう」

「まあ、いずれにせよ、そんなに急な話ではないと思います。まず、ハワイの連中が対処するでしょう。東シナ海、あるいは日本海に入るには、最短でももう二週間は掛かるはずですから」

「ひとつヘル・メイヤに頼んで、まずここの問題をどうにかするように助言させてくれ。みんな疲れ切っている。中国は、香港の運動がメディアを増長させることを警戒し始めているし、台湾は、本音じゃ、今尖閣どころじゃないと思っている。軍や世論がうるさいから潜水艦の一つも出して示威行動もするだろうが、みんなうんざりしているんだ」

「ひょっとしたら、そこはセルビアや中東より難しいかも知れませんよ。何しろ、台湾は国連に入っていないし、香港を手なずけるのは、共産主義をもってしても至難でしょうからね」

コマンチが、対潜ソノブイを投下し、シグナルがコマンチを経由してシーデビルにも届けられる。

「じゃあ、何か動きがあったら知らせてくれ。第七艦隊の主力は出払っているが、もし必要なら、引き返してくるだろう。それで動きは解る」

「そういうことでお願いします」

電話が切れるプチッという音が聞こえた。

「無茶な話だ……。飛行機ならともかく、潜水艦なんて、何処かで必ず見つかるのに。しかも日本近海で」

ソノブイのアレイが水中へと降りて行く。だが、反応は芳《かんば》しくなかった。

「目標、止まりましたね」

「ああ、ひょっとしたらそうかも知れない」

コマンチの機上では、脇村が、首をひねっていた。

「消えましたね。止まったようです。通常動力推進の模様です。磁気探査へ移ります」

「了解、動いている方が楽だ。ＭＡＤ捜索へ入る」

「ＭＡＤブーム開放します」

磁気捜索のためのＭＡＤブームが機体後方へと繰り出される。ＭＡＤ捜索のために、コマンチは高度を一五〇フィート以下へと下ろし始めた。

「この海域で不時着したらと思うとぞっとしますね」

亜希子がゴーグルを覗きながら言った。

「こんなに心強いことはない。何しろ、半径二〇海里以内に、一〇隻を超える巡視船がいるんだからな」

「この時化だとどうだか……」

「駄目だこりゃ……」

対潜コンソールの脇村がぼやいた。

「ノイズが多すぎる。巡視船の鉄の塊が影響して、まともなデータを取れない。いったん引き返しましょう。シーデビルから曳航アレイ・ソナーを降ろして、敵が動き始めるのを待った方がいい」

「巡視船に移動要請を出してもいいわよ」

「そりゃ駄目だよ。敵に、今、潜水艦を捜索中だと教えてやるようなものだ」

「同感だな。いったん帰還しよう。天気は崩れる一方の様子だし。あまり長居して欲しくは無いが、朝までに探知して、夜明け前に追い払おう」

コマンチは、海上で三〇分捜索活動を行っただけで母艦へと引き返した。


シーデーモンは、三〇時間に及ぶ全力航行試験の途中で、潜望鏡深度に浮上する所だった。

まず、ESMレーダー警戒マストを上げて、海面上でレーダー波を発信している者がいないかどうかをチェックする。

ハワイは、夜明け前、彼らがいるエリアも、まだ太陽は昇る前だった。

「これが採用されたら、海軍の時差調整はなお面倒になるな。エアラインのクルー並みの苦労を強いられることになる」

浮上する目的は、位置確認のためだった。慣性航法システムの正確さを確認し、再び潜航する手はずになっていた。

アーネスト艦長は、夜間潜望鏡に取り付き、ほんの六秒で三六〇度旋回した。星明かりだけで、海面に人工物は無かった。

「位置確認は？」

「GPSによると、誤差は五メートルかそこいらですね。特に問題はありません」

副長のアリッサ・マクノートン少佐が数値データを読んで答えた。

「ワシントンのニュースをキャッチできるかな？」

「今、やっている所です」

GMHI社で、長年コミュニケーション部門を率いてきたリチャード・ナグラーが、左耳にイヤホンを突っ込み、ラップトップ・パソコンのキーボードを叩きながら答えた。

彼は、ESMアンテナを真上へ向けて、ハワイ上空の民間衛星のデータを拾おうとしていた。

「ちょっと待って下さいよ。国防総省からのフラッシュ・ニュースを何処も流しているみたいです……」

画像が出てくる。CNNだった。画面の中央に、貧乏くじを引く羽目になった海軍作戦本部長が映っていたが、彼はすぐ壇上を降り、生け贄の子羊をメディアに捧げた。

「聞きますか？　われわれのことみたいです」

ナグラーは、イヤホンをパソコンから抜いた。

「なんだ。この端に映っているのは、クリスティンじゃないか。災難だな……」

「ハリマン提督ですね。デルタ・カイザーでしょうか？　あるいはブルー・カイザーか……」

「こんなに早く記者会見したということはデルタだろう。気の毒に、彼の出世もこれまでだ」

ハリマン提督は、まず壇上から、クリスティン・ブレット中佐を紹介し、概況に関して述べた。

「極めて重大な事態であると認識しており、われわれは、太平洋の全戦力を投入し、この無謀なたくらみを抱く集団を阻止するものであります」

ジェーンの特派員が手を挙げた。

「ハワイのバーバーズ・ポイントのP－3Cがすでに全機離陸したと聞きます。乗組員が置き去りにされたのがサンディエゴ近海なのに、どうしてもうハワイの部隊が動いているのですか？」

「ああ……、それは。念のためです。予防線と考えて頂ければいい」

「シーデーモンは、とんでもない高速で航行するという噂が飛び交ってますが？　そのせいではないですか？」

「従来の潜水艦よりスピードが速いことは事実です。しかし、何事も物理学の常識を覆すような性能を付与することは出来ない。それに、貴方が良くご存じのように、P－3Cは、行動半径が広いのです。いずれにせよ、常識的に考えて、彼らが、逃亡中のマック・マクリーンと合流すると考えるのは、向こう一〇年間に、人間が火星に立つと思うぐらい荒唐無稽なことです。われわれは、まず、マックに、逃げ隠れせず、韓国当局の前に姿を現すことを呼びかけます」

「シーデーモンは、採用に反対する海軍首脳部に、その性能を見せつけるために奪取されたという噂もあるが？」

「そんなことはありません。シーデーモンは、これから軍の手に渡り、様々な評価を向こう一年間にわたってくりひろげる予定でした。採用云々《うんぬん》の話は、その先のことであり、この段階で、われわれが賛成反対の意見を述べることは出来ません。評価の基準となるデータが無いのですから。無論、この事件の如何にかかわらずです」

「潜水艦というだけで、敬遠するには十分でしょう。水上艦乗りの職場が無くなるということですから」

「さあ、それは、次世代の海軍をどうするかは、高度に政治的判断を要する問題であり、巷間に伝えられているような、好き嫌いの問題で判断できるものではありません。現に、私は潜水艦乗り組みの経験もあるし、水上艦の経験もありますが、双方に対して、好き嫌いの感情を抱いたことはありません」

アーネスト艦長は、ハリマン提督の横に立てかけられた地図に注目した。乗組員救出のポイントの記述しか無かった。

「そつなくやっているじゃないか。彼は、われわれが、まだ沿岸付近にいると思わせておきたいらしいな」

「ファナブル提督から、この付近のデータを貰いますか？」

「いつもの配置なら、ロス級が一、二隻オン・ステーションにあるはずだ。挨拶していくという作戦だからな。いいだろう。リチャード、ＮＴＤＳのデータをアップロードするようメッセージを発してくれ。副長、クリスティンをどう思う？　同性としてだが？」

「彼女は、注意すべき人材です。戦術の素養を持った人間です。あの学究肌の雰囲気に騙されると痛い目を見ます。彼女の考えでは、世界中で、このシーデーモンと互角に渡り合えるフネは一隻しかないそうですから」

「シーデビルかね……」

「ええ。今、尖閣問題で、ＵＮＩＣＯＯＮの指揮下を離れて向こうに張り付いているはずです」

「だが、あれはスピードだけなんだろう？　しかも、シーデーモンみたいに、七〇ノットですっ飛ばしながら、アレイ・ソナーを降ろせるわけでもない」

「いざとなれば、対潜ヘリ・ステーションとして機能できるそうです。ぞっとしますね。ホワイト・ホークを三機も搭載してあのスピードで追われるとしたら」

「それでどうやって攻撃するんだ？　シーデーモンは、たぶん日本が持っている魚雷より速いスピードで、しかも音もなく離脱できる」

「問題はそれですね。核爆雷を使うぐらいしかないでしょうね。もし可能性を言うならですが。あるいは、われわれが地上班を回収する時を狙うか、この瞬間が一番脆《ぜい》弱《じゃく》ですから」

「そうだよな。気は進まないが、もしわれわれの行く手を阻むようなら、反撃せざるを得ない」

「データ来ました。提督からのメッセージです。当方予定通り、ハックマン弁護士が軍に拘束されたものの、すぐ解放されたそうです。ＮＴＤＳのデータ、コマンド・コンソールへ送ります」

「よし、副長。奴らの鼻先を掠めてやるぞ。潜航！　潜航！　潜航！」

シーデーモンは、その場に五分留まっただけだった。

シーデビルの艦内でも、ＣＮＮが流す記者会見を観ていた。

荒川三佐が、コマンチを降り、装具を着けたままＣＩＣルームに現れて、そのビデオを巻き戻して二度チェックした。

「どう思うね？」

と、艦長が尋ねた。

「妙ですね。おかしな話だ。ここまで来るのに二週間以上は掛かるというのに、この騒ぎようだ。私が国防総省の人間なら、公表する前に、せめて二、三日は極秘裏に捕獲を試みますね。何しろ、ハワイに到達するまで、どう考えても後四日は掛かる。パールハーバーにいる部隊だって間に合う。なのに、いきなりP－3Cというのはおかしな話じゃないですか。まるで、本当はもう目と鼻の先まで来ているような感じだ」

「もし、そいつが、潜水艦以上の能力を持っているならね」

「ポスト・イージスとしての、秘密を持っているというのかい？」

「持ってなきゃおかしい。イージスに代わろうというのに、既存の潜水艦と同じ能力のはずはないでしょう」

「それには、五〇ノット程度の巡航速度が必要になる。無理だよ」

「シーデビルだって、その理論の説明を受けなきゃ、誰もこんなスピードのフネがいるなんて思いませんよ。自分たちの成果が出る前にわれわれに協力を依頼して来ること自体がおかしい。アメリカは、メイヤを毛嫌いしていますからね」

「五〇ノットで進む潜水艦なんて、どうやって攻撃する。一〇〇キロ走ったたって、魚雷は追いつけない」

「陸上の奪還チームと接触する瞬間を砲撃するしか無いですね」

「横須賀に、妙案でも考えるよう催促しよう」

「どっちにしても、もしシーデーモンがまんまと日本へ入って、竹島なんかに接近するようなら、われわれだけで対処するしか無い。アメリカはたいした対潜能力を日本には展開していないし、自衛隊がおおっぴらに係争地域に展開するわけにもいきませんからね。竹島は韓国の実効支配下にあることだし」

「敵は、当然、その辺りのことも考えるだろうな。それで、いきなりブル・メイヤを頼ってきたわけが解る。こいつはやっかいなことになりそうだ。せめて、海中をそんなスピードで走る原理だけでも教えて貰いたいな」

「佐世保か、呉までいったん引き上げますか？　新装備の話もあったようだし」

「そんな余裕があればいいが……」

「艦長、変針しますか？」

桜沢副長が、スクリーン上に注目を促した。赤外線から得た情報では、海保の巡視船が、散開するかのように、外側へ膨らみ始めていた。

「ああ、この時化のせいだな。味方同士で衝突する危険がある。われわれも沖合へ出よう。下のお客さんをおびき出せるかも知れない」

シーデビルは、台湾海軍の艦艇のレーダー波が届く距離まで、台湾側へとコースを変えた。

ロスアンゼルス級原子力推進攻撃型潜水艦〝コロンビア〟（六二九七トン）は、このロスアンゼルス級の六〇番艦に当たる。

ロス級は、この後に二隻造られ、その建造はシーウルフ級へと移行した。もっとも、そのシーウルフは、六〇隻どころか、六隻も建造されるかどうか疑わしい所だった。

新兵器は高騰するばかりで、来世紀の半ばには、アメリカの総国家予算額をもってしても、戦闘機一機、潜水艦一隻を買うのが精一杯だろうというジョークもあった。

コロンビアの艦長、ケン・マイルズ中佐は、艦長室で日記を付けながら、副長のジム・ホラン少佐を呼んだ。

「パールハーバーから、P－3Cの配置図を送ってきました」

「ああ、後で見るよ。運命的だな。あのフネには、マーカスが乗っている。マーカス・マクノートンがな」

「まさか……」

「いや、副長として妹が乗っているんだ、彼がアリッサだけ行かせるはずがない」

艦長は、航海日誌を閉じながら、ため息を漏らした。シーデーモン・シージャックのニュースを聞いた時から、艦長は五分置きにため息を漏らしていた。

「つくづく付いてない男だ。人間の運命ってのは解らないな。私と奴は、アナポリスでの成績も似たり寄ったりだった。配属先も似たようなもので、ひょっとしたら、私が事故に遭い、ＧＭＨＩ社に拾われていたかも知れない。再就職先が決まった時には、ラッキーだと思ったんだがな、こんな事件に巻き込まれるなんて。もし立場が逆なら、今頃、マーカスがここに座ってそう呟いているはずなんだ」

「ご友人でいらしたんですか？」

「ああ、ほどほどのな。私より親しいというか、いろいろあった奴はいたよ。今、横須賀かどこかじゃなかったかな。まったく付いてない……」

「この付近に現れるまで、もうしばらくかかりそうですね」

「とんでもない。ハワイはまともな情報を与えられていないんだろうが、あれは、海中で七〇ノットは出る。それも、われわれが一〇ノットかそこいらで走る時の騒音しか出さない」

「どうやって？」

「理論的なことまでは解らないよ。半年前、同期の結婚パーティに姿を見せた彼が明らかにしたんだ。誰もまともには取り合わなかったがね、彼は自信たっぷりだった」

「じゃあ、われわれをまくなんて造作ないじゃないですか？」

「ああ、だが、奴は現れるさ。採用を渋る海軍に対して、シーデーモンの実力を披露したいだろうからな。一番から二番まで、サブロック・タイプのＭｋ50を装塡、三番にMk50、四番に囮《おとり》魚雷を装填しておいてくれ。すぐ行く」

「解りました」

副長が出ていくと、マイルズ艦長は、航海日誌をラックに戻した。

アリッサ、これが君の復讐だとしたら、私は残念だ……。

マイルズは、髭を剃り、アンダーシャツを着替えて自室を出た。長くはない。勝負は一瞬でつく。きっと、思わせぶりな態度を見せて、シーデーモンは悠然と去って行くはずだった。

発令所のスキップ・シートに腰を掛けると、マイルズは部下の注目を求めた。

「嫌な任務だが、全力を尽くそう。敵は、われわれを無視したりはしない。必ず、姿を現す。だが、チャンスはそう無いと思え。シーデーモンの水測の指揮を執っているのは、恐らく私の友人で、彼は私より優秀だった。そして、そのフネは、われわれの最高速度の倍のスピードを出し、そのスピードの中でも、われわれより静粛に走れる。それを忘れるな。勝負は、ほんの数分でつく」

コロンビアは、速度を五ノットまで落とし、TB－23型曳航アレイ・ソナーを後方へと繰り出した。

シーデーモンの艦内では、アリッサが、マーカスをレクリエーション・ルームに呼び出して、コーヒー・メーカーから、濃いブラック・コーヒーをカップに注いで兄に差し出した。

　アリッサは、低い天井の明かりを見つめながら、人気のない部屋で、「コロンビアが来るわ……」と漏らした。

「いるのか？」

　マーカスは、妹の表情を、その声のトーンで読むことが出来た。

「ええ、提督から届いたNTDSの情報にある二隻の潜水艦のうちの一隻よ。オハイオより手前にいる……」

「因縁《いんねん》みたいだな」

「そうね。出来れば、攻撃せずに済ませたいけれど」

「その必要はないだろう。われわれがへまをやりさえしなければ。まだわだかまりでもあるのか？」

「無いと言ったら、嘘になるわ。それに、もしかしたらこれでケンの経歴に傷が付くかも知れない」

「それはないだろう。誰が艦長だって、シーデーモンの行き足を止めるのは無理な相談だ。ケンはうまくやってのけるさ。それに、コロンビアはロスの最終艦に近いだけあって、性能もいい」

「そうね。うまくやってくれるといいけれど……」

「もう二時間も走れば、彼らの警戒エリア内に入る。これは、マックを助けに行くための作戦だ。軍を裏切り、友人を犠牲にするのはやむを得ない」

「ええ。そう考えるようにするわ。向こうだって、きっと今頃、私たちと同じ事を考えているわよね」

マーカスは、慣れた手つきでカップを唇に運び、コーヒーを一気に飲み干した。そして、「先に失礼するよ」と告げると、まるで、辺りが見えているかのように、椅子やテーブルの間を器用に縫って部屋を出ていった。

シーデーモンを巡って、最初の一戦が始まろうとしていた。


リー・デビッド・デウ弁護士は、夕方、自らの潔白と、マクリーンの自首を促す記者会見を行った後、アメリカ大使館へ顔を出した。

イルナム・リー中佐は、またしても遅れて現れた。

法務省のキョンチョル・キムは、今朝より一〇歳は老け込んだように見えた。

「ハックマンは電話に出たかね？」

「ええ、ほんの二分ですが、話しました。彼も一味ですね。どうしてアメリカ政府が彼を野放しにするのか理解に苦しみますよ」

「尻尾《しっぽ》を出すのを待っているんだろう」

「私に迷惑は掛けないし、たぶん韓国国民を裏切るような結果にはならないだろうという話でした。遅くとも、一週間後には、この問題は片づくと」

「一週間？　どんなに急いでも、あのシーデーモンが沿岸に近づくには、二週間は掛かる。韓国の民衆は、それほど寛容じゃない。リン参事官、時々、アメリカという国は、どうしようもなくアジアを見下すことがある。そう思わないかね？」

「まあ、そういうことも無くはないわね……」

メリー・リン参事官は、マールボロを絶やさず、こめかみを揉みながら喋った。

「ケンウッド大佐に繋がる糸口は見つかって？　中佐」

「駄目ですね。入国の足取りもありません。韓国軍にも、彼を知っている連中はいるので、当たって見ているんですが、接触を受けた人間はいない模様です。スーパーの駐車場から発見された配送車に関しては、その後の足取りはまだ取れていません。ホテル、現地在住のアメリカ人、片っ端から洗っていますが、正直な所、マスコミが知っている以上の情報は持ち合わせていません。北のスパイを追うより簡単だと思っていたんですが」

「日本へ脱出したという可能性は無いのかね？」

「それはありえません。空からも、海からも。今朝、朝一で出航した船舶は、すべて沖合で止めて、軍がヘリで乗り込んで捜索しました。そんなに数はありません。朝は霧が出ていたので、せいぜい漁船と、近郊連絡の小型貨物船ぐらいのものです。まだ海上から脱出した形跡はありません。米海軍のフリゲイト艦が一隻いますが、それを除いては全部チェックしました」

「アメリカ軍の施設に関しては問題ありません。沖縄からわざわざ海兵隊を招き、該当する艦船を含めて、釜山周辺にある施設すべてを捜索させました。異常はありません」

「もし、成果が無ければ、われわれは彼らが接触する瞬間を狙うしか無い。だが、そうなれば、マクリーンを生きて奪還できるかどうか疑わしい。司法の裁きによって、刑務所へ送るべきだというのが、韓国世論の大勢だ。これを裏切るようなことがあったら、合衆国大統領の謝罪ぐらいじゃ済まない。アメリカ製品のボイコットという事態もありうる」

「それは、法務省としての見解かしら？」

「韓国人民の総意です。韓国には、対アメリカとなると、政策が腰砕けになるという批判がある。選挙が近いんです。そうそう弱腰な態度はとれない」

デウ弁護士は、そんなことはどうでも良かろうにという顔をした。

「中佐、ある程度の人数を収容できて、マクリーンに相応しい場所だ。せめて二週間ぐらい、リハビリを兼ねて静かに過ごせる場所がいい。また彼は、脱走する危険があるから、ドアを開けたらすぐ、パブリック・スペースなんていうのは良くない。だから、ホテルの線は捨てていいんじゃないか？」

「ではどんな場所に？」

「たとえば、釜山には領事館が多いだろう。金を積まれて転んだ領事の公邸であるとか、アメリカ企業の代表の邸宅、そんな所じゃないのか？」

「それはことですよ。中を覗かせてくれというだけで、大統領府へ抗議の電話が行く」

「連中は、君らがそういう反応を示すことを狙っているのかも知れない。ヘリや飛行船を借りて、上から観察するというのはどうだね？　もし、ケンウッド大佐が軍隊方式の警戒網を敷いているとしたら、庭にも当然監視の人間がいるはずだ。素人考えで申し訳ないが……」

「いえ、とんでもありません。先生。それは重要なサジェスチョンです。そういう捜索方法を考えてみましょう。私は、彼らがランデブーする時の移動手段を考えているんですが」

「まさか、そのシーデーモンが釜山港まで入ってこれるわけでもない。ヘリか、ボートだろうね」

「ボートの場合、夜間は難しいですね。われわれは北のゲリラを警戒して、入ってくる方を探すのには慣れていますが、短時間、ランデブーのために沖合へ出るだけのボートを確実に捕捉する自信は無いです。ヘリの場合は、もう少し難しくなりますが」

「まあ、それはおいおい考えることにしよう。まずは、日本への脱出さえ阻止すればいい。女房と娘が日本にいることは間違いないんだ。堂々と本名で入国している」

「たぶん、博多辺りでしょう。あの大都市なら、外国人の親子も目立たない」

「それは、日本の警察に委ねるとしよう。あまりあてにならんが。他にわれわれに出来ることがあると思うかね？」

「現状では何も。敵がボロを出してくれるのを待つしかありません。後は、法務大臣に、アメリカのテレビ局のインタビューを受けさせます。どうもアメリカのテレビを見ていると、まるで独裁国に捕らわれたアメリカ人を助けに行くような、そんな感じがします。子供たちが犠牲になったということを忘れて欲しくはないですからね」

「もちろんだわ……。あの連中は、自分たちの望むようにストーリーを作りますからね。私だって、メディアに出る時は、まず最初に犠牲になった方々に……と、お断りを述べてから本題に入るんですから」

「私は、もうしばらくハックマン弁護士を口説いてみるよ。少なくとも、米韓関係をこれ以上悪化させないような材料を彼に出せと迫ってみるつもりだ。昼から、アメリカの友人に電話を掛けまくっているんだが、まあ、連中は日本と韓国をお隣同士の国だぐらいにしか知らないからな。難しいよ……、あの国と付き合うのはな」

テレビは、夜間のニュースショーが始まる時間だった。何処も、釜山からの生中継だった。

デウ弁護士は、あの狂気の事件後の一週間を思い出した。弁護士である彼ですら、毎日防弾チョッキを着て過ごす羽目になった。

また、あの一〇キロもあるチョッキが必要になりそうだと思った。

マック・M・マクリーンⅢ世も、同じ番組を見ていた。この半年で随分韓国語を覚えたつもりだったが、早口のキャスターの口調では、何も聞き取ることは出来なかった。

ただ、彼が感じ取ったのは、韓国民衆の憤りだけだった。

元ＦＢＩ捜査官のバリー・ハーディンは、ＩＢＭのシンクパッド・パソコンのキーボードを叩きながら、常に微笑みを絶やさず、マクリーンの話を聞き出そうと努めていた。

彼は、東洋系の顔立ちの男で、ルーツはこの辺りにあるということだった。韓国語もぺらぺらで、ＦＢＩにいる頃は、韓国系マフィアの捜査に当たっていたそうだった。

「運がなかったというのが、私の正直な感想ですね。マフィアは、時々善良な市民を犯罪者に仕立て上げるために、途方もなく手の込んだ作戦を展開します。私が扱ったケースでは、フロリダで、マフィアを裁いた判事一家が巻き込まれたケースがあります。娘をヤク中にされ、家庭は崩壊した。連中は、復讐相手の家庭が崩壊していく過程を楽しむんですよ。盗聴し、尾行し、友人になりすまし、ある日、相手が、友達を頼って泣き喚いて縋《すが》り付いてくるのを楽しむんです」

「私は未成年じゃない。分別もある大人だ。そういったケースと一緒にして欲しくはない」

マックは、朝目覚めた時と同じように、同じ部屋のベッドに腰掛けていた。彼がその部屋を出られるのは、シャワーとトイレの時だけ。それも、彼とはまったく面識のない屈強な男が二人、距離をとって監視に尾いて来る。

朝と変わった所と言えば、テレビが持ち込まれ、ここ数日の英字紙がテーブルに積まれたぐらいだった。

ハーディン元捜査官は、要点を一時間ばかり掛けて整理し、もう一度細部についてマックに尋ね始めた。

彼は、マックと握手して三〇秒後には、たぶん同じ質問を、数百回繰り返すことになると告げた。その数百回の尋問作業の、二度目の質問だった。

「この……、昨年の二月ですね……。貴方は家庭に問題でもありましたか?」

ハーディンの質問は、明らかに不愉快きわまりないものだったが、不思議とその雰囲気が無かった。

「いや、特に問題は無かった。この頃、私が抱えていたのは、純粋な仕事上の問題だった。一つは韓国、一つは、ポスト・イージスでね。父が引退を表明してから、私がその責任の大半を被ることになった。今思えば、この二つの問題を同時に進めるのは無理があった。ファナブル提督からは、ポスト・イージス一本に絞れとアドバイスされたんだが……」

「なるほど、韓国の方はそれほど大問題でも無かった？」

「いや、経営上では大問題だったさ。何しろ、技術提携を解消するという内容だった。もし、日本みたいに造船技術を確立して、なお、軍艦をまったくオリジナルで造れるとなると、今日までの技術供与がふいになる。われわれは、もう少し時間が欲しいと、韓国政府にも要求していたんだ」

「韓国人に対する嫌悪を、具体的に表明したことは？」

「その頃は無い。われわれにとって重要なのはビジネスであって、相手を嫌っても始まらないよ。あれは、事件を起こす一ヶ月前かな。韓国を訪れた最後の機会だった。ホテルの部屋で、荷物をごっそり盗まれるという事件があった。あの頃から、薬の影響もあって、韓国人に対する嫌悪感をはっきり感じるようになった記憶がある」

「ええ、それもマフィアが使う手ですよ。手配したタクシーにターゲットを乗せてわざとぼってみたり、道ですれ違って絡んでみたりね、薬が入っていると、こういった些細《ささい》な事件が、暴発の引き金になりやすいんです」

「そう言えば、その時の旅行で、バーでやはりトラブルがあったな。日本のヤクザが同席していて、女の子の取り合いになった。あの頃の私は、もう正常じゃなかったんだ。薬と、女が欲しくて韓国まで足を延ばす有様だった」

「そのことは業界関係者には周知だったんですね？」

「その頃はね。父の耳にも入っていた。部下から叱責を受けたこともあった。さすがに、麻薬の話は、誰も知らなかったが。インターネットを使って、巧妙にやり取りしたつもりだ。国内ではね。ごく少量ずつ」

「ええ、貴方宛のEメールは、ＦＢＩの手によってすでにサルベージされています。われわれは、発送者に、少々金銭を払いまして、接触の経緯を聞きました。仲介人がいたそうですね？」

「ああ、軍にいた頃の友人だ。彼が、ＭＳＩ社の子会社で働いていたことは、ごく最近知った」

「死にました。カレル・ハルストですね。ノーフォーク湾に浮かびましたよ。半年前のことです。酔って、ヨットから落ちたことになっています」

「そう？」

マックが、初めて素晴らしい表情を示した。

「彼、投資に失敗しましてね、借金を抱えていたんです。そういう話をしませんでしたか？」

「あったような気もするが……」

「実は、彼の日記を確保しています。マックに金策の話をしてみたが、反応は芳しく無かった。残念だが、テックスの話を飲むしかない……。そういう件《くだり》があります」

「解らないな。ひょっとして、酒の席での話だったのかも知れない……」

「この件は、また後ほどお聞きします。ゆっくり思い出して下さい。私が必要とするのは、具体的な時間と場所と人名です。しばらく休憩しましょう。時間はまだある。アメリカでの調査を促す必要もありますからね」

「君はどう思う？」

「何をです？　貴方がはめられたことですか？　あるいは、貴方が犯した罪？」

「さあ……、それが良く解らない」

「不運だとしか言いようがない。この世に完璧な人間などいないのです。もしいるとしたら、それはロボットだ。誰でも心の隙はある。だから、私は気の毒ですとしか言いようがない。人間が皆賢明なら、アメリカに麻薬問題なんかありはしないんですから」

「武器商人として、罰が下ったんだと思うよ」

「貴方の会社が、ここ半世紀、アメリカを救い、世界の平和を守って来たんだという誇りを捨てて欲しくはないですね。私の父の世代は、貴方の会社が作った上陸用舟艇に乗って、インチョムから上陸したんです」

アメリカ人に感謝の言葉を伝えるのは難しいなとハーディンは思った。このやばい仕事の話をもって来た彼の父の口癖だった。


原潜〝コロンビア〟は、潮の境目に留まり、アレイ・ソナーが拾う音にじっと耳をそばだてていた。

艦長のケン・マイルズ中佐は、艦長席の肘掛けから、一七インチの液晶ディスプレイを起こし、コンピュータが描く、フラクタルな画像を次々と画面に表示させて行った。

それは、海図をベースに、海流、水温、ペーハー値、塩分濃度等をグラフィックス表示するシステムだった。

コロンビアが実測した数値だけが、現実の数値データとして画面に描き込まれる。グラフィックスは、それを基にしたシミュレーション画像だった。

その映像があれば、艦長である彼は、音の伝搬状況を、具体的にイメージすることができる。

こちらにとって安全な場所、敵が潜みそうな場所が一目瞭然だった。

艦長は、席を立ち、チャート・デスクに歩み寄り、鉛筆で、チャート上に薄い線を引いた。

「ここと、ここ、それから、こっちへ走って、ここへ戻る。深度は二〇〇ぐらいが適当だろう。副長。速度は一五ノット程度」

「それだと、敵にこちらの位置を露呈する恐れがあります」

「うん。それも目的だ。こちらの位置も少しは宣伝してやらんとな。いくらシーデーモンのシステムでも、われわれを察知できるとは限らない。それに、ここより西側に関しては、われわれは最新のデータを持っている。探知に関しては、敵より有利だ」

「解りました。敵が不意打ちを食らわさないことを祈りましょう」

艦長は、スキップ・シートに戻り、もう一度そのディスプレイに注目した。画面の下に、ＧＭＨＩ社のロゴマークが入っていた。

これも、マーカス・マクノートンが開発した最新システムだった。

対するシーデーモンは、コロンビアを探して一八〇度Ｕターンを二度行っていた。

そのことによって三時間以上のロスが生じるが、アメリカ海軍に本艦の優秀さをアピールするというのも、彼らの目的の一つだった。

「何処にいる？　……、ケン」

マーカスは、口の中で呟きながら、キーボードを叩き、深海の音を探っていた。

艦長が、インターカムでマーカスを呼び出した。

「マーカス、いないんじゃないのか？」

「いえ、コロンビアの受け持ちエリアは、この五〇〇キロ四方のブロックです。われわれが七〇ノットで引っかき回せば、必ず彼らは気づきますし、われわれも探知できます。今、海水データを分析させている所です。潮目の辺りに潜んでいるんでしょう。その付近で派手に走ってみせればいい。針路を一七度左舷へ振って下さい」

「解った。だが、これが最後だぞ。そういつまでもこの海域にはとどまれない」

「スピードが上がったからと言って、せっかちになることはないですよ、艦長。潜水艦狩りは、今も昔も忍耐こそが勝敗の最大要素なんですから」

「ああ、解ってはいるんだがね、どうも時間が経つのが早くて……」

シーデーモンが針路を変えた五分後、マーカスは、ビンゴ！　と呟いた。彼らにとっては目と鼻の先に、コロンビアがいた。コロンビアにとっては、遥かに遠方だったが……。

第四章　バラクーダ

原潜〝コロンビア〟のベテラン水測長ブライアン・スローン大尉には、あまり考える時間は無かった。

その目標は、彼がこれまで演習時に測定したことのある、いかなる魚雷よりスピードが速かった。しかも、恐ろしく静かだった。

「こちらソナー、目標、本艦の一一時方向と思われます。距離は四〇から五〇キロ」

「速度はどのくらいだ？」

マイルズ艦長は、肘掛けのモニターを観ながら聞いた。

「解りません。恐ろしく速いとしか……。下を見ても五〇ノットは出ています」

「針路は安定しているのか？」

「ええ、まるで魚雷みたいにまっすぐ向かって来ます」

「目標の前方斜めにバラクーダをたたき込む。イリーガルな手になるが、射程外で構わない。距離を四〇〇〇ぐらいに見積もって攻撃する」

通常なら、半径二〇〇〇メートル以内にたたき込まないと、命中する確率は低い。

何しろ、サブロック・タイプの魚雷は、一度母艦から離れたが最後、自機のソナーしか当てに出来ないのだ。

「ソナー、目標の方位は？　……」

「ちょっとまって下さい……。向こうもこちらを見つけたようです。針路を変えた模様です」

「了解。針路、右五度変針、ダウントリム三度」

まるで、こちらが五〇キロ向こうから魚雷に狙われているような感じだった。

「曳航アレイ・ソナー収容。高速航行に備えよ！　一番、二番注水。さて、マーカス、君の言うとおりの性能かどうか、試させて貰おうじゃないか」

コロンビアは、僅かに右舷へとカーブを切った。

シーデーモンのマーカスは、その変化を聴き逃さなかった。

「おいおい、ケン。まずい戦法だぞ……。まっすぐこちらを向いてせっかくスクリューが胴体に隠れていたのに、変針したせいでこっちに対して剝き出しになった」

「マーカス、変針の必要はあるか？」

「いえ、まだ大丈夫です。バラクーダが来たら考えましょう」

コロンビアのマイルズ艦長は、深度二〇〇で、二発のＭｋ50バラクーダ魚雷を発射した。

その深さが、サブロック・タイプの魚雷を発射できる限界だった。それ以上潜ると、ロケット弾が水面に出るまで時間が掛かりすぎて目標を見失うことになる。

「こちらソナー、来ますよ。サブロックのバラクーダが」

バラクーダは、四〇キロ海面を飛翔し、キャニスターから弾頭の魚雷部を分離して水中へと落下した。シーデーモンの四〇〇〇メートル手前だった。

一発は、左舷側へ、もう一発は右舷側へ。シーデーモンが、どちらへ艦首を振ろうとも、必ずどちらかに、エコー面積の大きい船体側面を晒《さら》すことになる。

「いい作戦だぞ、ケン。さすがに釣りがうまいだけのことはあるな」

マーカスは、呟きながら、バラクーダ魚雷が発する甲高いピンガーの音を聞いていた。

マイルズ艦長は、フライ・フィッシングの要領で、彼らの前方にうまいこと魚雷を投げたのだった。

向こうは、すぐさま、こちらを捕捉した。さすがに最新鋭のバラクーダ魚雷だ。

「マーカス、スピードだけで乗り切れるか?」

「ええ、大丈夫です。最大戦速へ持って行って下さい」

アーネスト艦長が最大戦速を命じると、シーデーモンは、七〇ノットを超え、七四ノット近くへと速度を増した。対するバラクーダ魚雷は、せいぜい六〇ノットが限界だった。

シーデーモンが、接近する二発の魚雷の間を悠然と縫って行く。

「さあて、ケン。ご挨拶と行くぞ……」

シーデーモンは、四〇キロという、水平線の見通し距離を、わずか二〇分で走りきっていた。

その間に、コロンビアが移動できた距離は、僅かに六〇〇〇メートルに過ぎなかった。

まるで、トカゲの前でのたうつミミズだった。

だが、マイルズ艦長は、一か八かの賭に出ようとしていた。

「取り舵二〇。スクリュー反転！　後退しつつ敵を迎え撃つぞ。マーカス、フライは流しても使えるんだ……」

シーデーモンは、コロンビアを前に再び減速し始めた。

マーカスは、せめて五〇〇〇メートル程度までは接近できると判断した。

「艦長、速度をもっと落として大丈夫です。距離があれば逃げ切れます」

「了解、推進機を止めるか？」

「いや、それは危険です。いくらロス級と言っても、マイルズは手強い相手ですから」

「よし、三〇ノットまで落とす」

「結構です。そのスピードなら、バラクーダを撃たれても十分加速して逃げ切れます」

　シーデーモンが減速し始める。ペンダラム・ソナーが、後進へ入ったコロンビアを捕捉し続けた。

　マーカスは、彼が特訓した海軍のソナーマンの、ニック・コナート中尉の肩を叩いた。

「どっちだ？　ニック」

「右です。右へケツを振ってます。そうすれば、常にわれわれにメイン・ソナーと魚雷発射管を向けていられますからね。ま、撃っても無駄ですが」

「速度は？」

「小刻みに変わってます。何の意味があるのか……」

「安全圏を計っているのかも知れない。ケンめ、また釣り師の顔に戻ったな」

　そうでは無かった。

　マイルズ艦長は、フライを流していたのだ。

「距離は？」

「二〇〇〇！　そろそろ交錯します」

「まだだ。真後ろから撃つ。斜め横では気づかれる」

　シーデーモンは、コロンビアの五〇〇〇メートル前方を、三五ノットで通過しようとしていた。コロンビアとて、速度いっぱいでようやく出せるスピードだった。

マイルズ艦長は、仕留めたと確信した。

「マーカス、アリッサ。せめて私の手で葬ってやるのが友人としての務めだ。安らかに眠りたまえ……」

マイルズは、胸の中でそう呟くと、「フライを起こせ！　アクティブ・ピンガー打て！」と命じた。

コロンビアの三番魚雷発射管からは、光ファイバー・ケーブルで繋がったＭｋ50バラクーダ魚雷が、今、シーデーモンが通過した深度四〇〇メートルに沈んでいた。

コロンビアからピンガーが打たれ、そのエコー・データが、母艦で処理され、光ファイバー・ケーブルを通じてバラクーダに伝えられる。

目覚めたバラクーダは、方位を定めると、たちまち速度を上げながらシーデーモンの背後へと忍び寄った。

マーカスは、それに気づかなかった。潜水艦の後部真下という、最も脆弱な部分からの攻撃だった。

ペンダラム・ソナーが、その推進機音を拾った時、バラクーダの雷速は四〇ノットに達していた。

「なんて奴だ⁉　艦長！　速度いっぱい！　真後ろにバラクーダです」

マーカスは、すっかりうろたえた声で怒鳴った。

「ノイズメーカーを！」

「無駄です。間に合いません」

「では、アンチ魚雷で行く」

「真後ろですよ⁉」

「曲がればいい。五番よりアンチ魚雷を発射する！　取り舵一杯」

「それではコロンビアとの衝突コースに乗ります！」

　副長のアリッサが抗弁した。

「それが狙いだ。失敗しても、敵はバラクーダを自爆せざるをえなくなる」

「了解。取り舵一杯」

　シーデーモンが、バラクーダ魚雷を背後に従えたまま、コロンビアへ向けて舵を切った。

　マイルズ艦長は、接近してくる敵艦のノイズにぞっとした。まるでカミカゼだ。あのスピードで、アクティブ・ソナーも使わずして、敵はこちらの正確な位置を弾いているというのが信じられなかった。

「バラクーダ次弾発射用意！」

「駄目です。本艦の安全距離内に入ってきます。攻撃は出来ません」

「後進一杯！」

「バラクーダの自爆を！　オウンゴールする羽目になりますよ！　艦長⁉」

「まだだ。ノイズメーカー発射用意、アンチ魚雷を一番へ！」

魚雷防御用魚雷は、ほんの二〇〇メートルしか走れないしスピードも遅いが、逆に、小型化でき、発射までの時間を短縮できるという利点がある。

「アンチ魚雷、間に合うかどうか解りません」

スローン水測長は、たまらず、「敵艦、速度落ちません⁉」と叫んだ。実際には、彼がそう叫んだ瞬間には、シーデーモンはもう速度を上げていた。

「コリジョン・コース！　シーデーモンが突っ込んできます。すでに雷速を超えてます」

「バラクーダに自爆指令を。一番行けるか？」

「駄目です！　回避措置を」

「不用意に動くな」

シーデーモンは、コロンビアの二〇〇メートル左舷を、五〇ノットで駆け抜けた。

莫大な排水効果に捕らわれ、コロンビアの船体は、一瞬鞭打たれたかのような衝撃に見舞われた。

「落ち着け！　この程度には耐えられる」

バラクーダ魚雷の爆発音が響く。僅か一〇〇〇メートルの至近距離での自爆だった。

「二番から四番までサブロックMk50を装塡！　あるだけ攻撃するぞ。ブライアン、計算を急げ！」

スローン水測長が、敵艦の未来位置データを遣《よこ》す二分の間に、シーデーモンは更に加速していた。

コロンビアが一発目を発射したが、そのミサイルは、シーデーモンの遥か後方に落下した。二発目、三発目が、辛うじてシーデーモンの前方二〇〇〇メートルに落下したが、魚雷の加速が終わる前に、シーデーモンは、針路を変え、その射程距離から脱していた。

シーデーモンは、一分間で二〇〇〇メートルを移動する。それは、Mk50バラクーダ魚雷にとっても、驚異的なスピードだった。

コロンビアは、二〇分、シーデーモンを追跡して諦めた。二〇分で、彼我《ひが》の距離は、三五キロ以上に開いた。

追跡する間に、マイルズ艦長は、パールハーバー宛の電文を作らせ、浮上後直ちにそれを発信した。

ジョン・ハリマン少将は、ニューヨークへ向かう空軍のリア・ジェット輸送機の中で、そのニュースを受け取った。

同席する海軍情報部のロバート・グラット中佐、民間旅客便で日本へと向かうクリスティン・ブレット中佐が同席していた。

機体は、すでにジョン・F・ケネディ空港へのアプローチに入っていた。

「意見はあるかね？」

「これで、ハワイの連中は的を絞れますよ。オアフ島へ一〇〇〇キロは寄っている。P‐3Cのカバレッジから外れるまで、少なくとも六、七時間は捜索活動を行えます」

グラット中佐が、チャートを床に広げながら言った。

「わざとやったんです」

ブレット中佐が、パソコンのキーボードを叩く手を休めて言った。

「わざと彼らは、ハワイ諸島に近づいたんですよ。P‐3Cなんか目じゃありません。私が横須賀に着くまでに、コロンビアのマイルズ艦長に、詳細な戦闘レポートを提出するよう命じて下さい。何かの参考になるかも知れません。あと、バルーン回収機を飛ばせて、コロンビアが探知したシーデーモンの音紋データを回収させて下さい」

「本土のP‐3C部隊を、念のためミッドウェーへ派遣しよう」

滑走路へ着陸すると、エプロンの離れた所に、陸軍のブラックホーク・ヘリが待機していた。

ハリマン提督とグラット中佐は、直ちにヘリに乗り換え、私服のバレット中佐は、ノースウェスト機へと乗り換えた。

国連本部ビルのヘリパッドにブラックホークは着陸し、二人を降ろした。提督を出迎えたのは、斗南無湊だった。

斗南無は、二人をエレベータへと導き入れた。

「君は海軍にいたんだって？」

「ええ、でも、士官じゃありません。下士官としてです。こんなに急ぐ必要があるのかメイヤが不思議がっています」

「いろいろと事情があってね。それに、彼の気難しさは知らんわけでもない。早めに挨拶に来て損はないと思ったんだ」

「ご愁傷様です」

「よくあんな男の下で働けるね」

「ええ、皆さんから言われますよ。まあ、自分は命令されるだけで、いつも外回りですから。さすがに毎日顔を合わせていると三日が限度ですね」

メナハム・メイヤは、オフィスの仰々しいテーブルの向こうで、いつものようにふんぞり返っていた。

そして、英語で握手を求めようとするハリマン提督に向かって、「そこへ座れ」と、テーブルの前の椅子をすすめた。

提督は、まだ幾分余裕のある顔で椅子に掛けた。

「私は、君のくだらん騒動のせいで、昨夜帰宅が一時間遅れた。部下も同様だ。私の時間は、知っての通り、二四時間、地球市民のより良き生活のために捧げられている。君らアメリカのように、あれこれ国連に難癖付けて賃料も払おうとせん輩《やから》のために、それが乱されるのは迷惑だ」

いやはや噂には聞いていたが、とんでもない人間のようだと、提督は内心ため息を漏らした。

「恐縮です、閣下。まったく、わが軍のしでかした不始末のために、閣下にご心配を掛けるようになり、まことに申し訳なく存じます」

「ほう。海軍は陸軍のグローリアと違い、ずいぶん礼儀を知っているものと見える」

ＵＮＩＣＯＯＮの指揮下には、陸軍のグローリア将軍が指揮する、別の秘密兵器部隊がいた。

「はい。何しろ、今回は、こちらにさほど弁明の余地がないものですから」

「君は、自分らの立場を解っているんだろうな？」

「遺憾ながら、アメリカが国連に対して、何かを要求できる立場でないことは解ってます」

「おい、斗南無。カートラッセル大使を呼べ。彼女が、先週アフリカの食糧問題小委員会で私をどう罵《ののし》ったか彼らにも教えてやろうじゃないか？」

「ボス、そのくらいでいいでしょう。提督は貧乏くじを引かされて、こんな所へわざわざ出向いて会いたくもない男に頭を下げているんです。アメリカの顔を立てたからと言って損はないでしょう」

　見かねた斗南無が助け船を出した。

「あんな高価なオモチャを造れる国が、どうして国連の分担金ごとき支払おうとしないのか理解に苦しむよ。まあ、私の時間は貴重なのだ。聞いてやろうじゃないか？　何をあわてているのだ。君らは」

「その、該当する船舶、シーデーモンですが、韓国へ向かっております」

「それは解っている。私だってＣＮＮぐらいは観るんでな」

「つい数時間前、ハワイ諸島沖で、わが軍の潜水艦が、シーデーモンと接触し、攻撃を仕掛けましたが、失敗しました」

「ハワイ沖？　解せない話だな。乗組員がサンディエゴ沖で救出されたのは、つい昨日のことだろう？」

「その……、少々、スピードの速いフネでして。シーデビルのように、時速一〇〇キロを超えるスピードが出ます」

「ほう。君らは私のシーデビルを撃沈するために、そんなフネを造ったのかね？」

「いえ、しかし意識はしたと思います。開発過程においては」

「データを遺したまえ、全て」

「そうしたい所ですが、残念ながら設計データ等は、すべてＧＭＨＩ社にあり、コンピュータの中で鍵が掛けられた状態にあります。その代わりと言っては何ですが、設計に携わった中佐を日本へ派遣しました」

「よろしいですか？　提督」

斗南無は、何かを言いたげなメイヤを制して、メイヤの隣に立った。

「私の暗算では、下を見ても六〇ノットを超えるスピードを出さないと、バーバーズ・ポイントのＰ－３Ｃのエリアには入らない。そんなスピードを出せるとして、どうやって攻撃するんです？」

「解らない。確実な方法は、核爆雷で押しつぶすしかないだろうね。ただ、韓国へ近づけば、そうスピードは出せないだろうというのが、こちらの読みだ。だから、シーデビルをプラットフォームに対潜活動を行えば、撃沈できる可能性はあると思う」

「原子力推進ですよね？」

「そうだ。直撃すれば、海中で炉心溶融という危険が全くない訳じゃない。しかも、二基搭載している。できれば、日本海に入る前に撃沈して欲しいというのが、正直な所だ。だから時間があまりない。明後日には、シーデビルが津軽海峡東で待ちかまえていないと」

「解りました。そのように伝えます」

「おいおい、決めるのは私だぞ」

メイヤが憮然と言った。

「他に手はないでしょう。それとも、このまま米韓関係がこじれるのを放っておきますか。貴方の汚点になりますよ。でも、収めてみせれば、ＵＮＩＣＯＯＮの手柄になる。貴方のポイントにね」

「失敗すれば、私の権威は地に堕《お》ちる」

「やってのけますよ」

「作戦でもあるのか？」

「見つけ出します。彼らなら。それに、何しろホームベースでの出来事ですから。いろいろと有利なこともある」

「韓国軍の問題に関しては、こちらで責任を持ちます」

グラット中佐が言った。

「韓国領海内、及び領空内における日本の自衛隊の活動に関して、最大限の協力が得られるよう、韓国政府と最善の交渉をします」

「ぜひにもお願いします。ご承知のように、日韓関係は、いろいろ微妙でして。微妙なエリアにたどり着く前にぜひとも解決して欲しいですが」

「では、そういうことだ。提督。わざわざご苦労だった。ホワイトハウスの御仁によろしく伝えたまえ。後で請求書を回すからと」

「ご協力に感謝申し上げます」

提督は、請求書を回すからには……と、呟きながら国連ビルを後にした。特段の感情は無かった。口うるさい校長の前でしばらく殊勝な顔をして見せたハイスクールの悪ガキのような気分だった。

メイヤは、提督を見送って帰ってきた斗南無を椅子に座らせ、「勝算はあるんだろうな?」と質した。

「勝算?」

斗南無はとぼけた顔をした。

「どうやら、あのシーデーモンは本当に海中で六〇ノット速を出すらしい。私のとぼしい海軍の知識でも、そんなスピードを出せる魚雷は極僅かです。言ってみれば、ハーレーでアウディやBMWを追うようなものです。そのスピードが出せるというのと、追いつけるというのは別ですからね。術があるとは思えない」

「おいおい、こっちは大見得切ったんだぞ。何とかしてこのシーデビルまがいのフネを沈めろ。どうせ、シーデビルなんざ目じゃないつもりで造ったんだ。実戦での実績を出しているＵＮＩＣＯＯＮの実力を見せてやれ」

「まあ、そうは伝えますが。日本海へ入る前に決着がつくといいですね」

「いいですねじゃ困る。厳命だ。カミカゼ・スピリットで挑めと訓令しろ」

「ボス、日本人の前で、カミカゼという言葉はあまり使わないで下さい。とりわけ海軍は、もっとも伝統を受け継いだ組織なんですから」

相手が潜水艦じゃ、カミカゼのしようもないなと斗南無は思った。

これまでのシーデビルの任務は、そのほとんどが敵勢力下での作戦行動で、それはそれなりに困難だったが、こんなに手強い敵が現れたのは初めてだった。

いつものようには行かないなというのが、正直なところだった。


日本はまだ夜明け前で、荒れる天気の中、潜水艦の捜索活動が続いていた。

コマンチ・ヘリは、ローターに被りそうな高さまで達する波間を縫って、この夜三度目の捜索を手ぶらで終えて帰還した所だった。

反応は芳しくなかった。波が砕け散る音は騒々しく、海保の巡視船の騒音と、海岸が砂を浚《さら》う音が混じって、ろくなシグナルは拾えなかった。

だが、三人のフライト・クルーは、休む間もなくＣＩＣルームへと集合して作戦の検討へと移った。

皆へとへとだった。

「沈底している可能性を考えていたんだが……」

休まずつきあった片瀬艦長が言った。

「それはないでしょう。沈底できる安全深度は島のすぐ近くしかない。海流もありますから、錨を降ろしても流される。着底したのであれば、必ずMAD捜索で引っかかります。動かないのであればね」

脇村二曹が眼をしょぼしょぼさせながら言った。

「あるいは、もう引き返したとか？」

「それじゃ、ここへ来た意味がない。まだいますよ。奴は」

「困ったな……」

「まあ、昼間はしょうがないです。大っぴらに対潜活動をやるわけにも行かない。われわれが展開していることは、海保に対しても一応は公然の秘密なんですから」

「それが、至急横須賀に引き返すことになった。例の件で。われわれは、横須賀で客人を拾い、明日中には、北海道沖へ展開してシーデーモンに備える」

「明日？」

荒川三佐が怪訝《けげん》そうな顔をした。

「急な話ですね。やっぱりそうなんですか？」

「らしい。さっき、斗南無君から連絡があった。シーデーモンは、海中を六〇ノットを超えるスピードで航行できるらしい。ロス級原潜がハワイ沖で接触したが、あっけなく退けられたそうだ」

「六〇ノット⁉　……。ため息しか出ないな……。どうやって攻撃するんです」

「俺も聞きたいよ。追えるというのと、撃沈できるっていうのは、まったく別問題だからね。ひょっとしたら、ホワイト・ホークを何機か搭載することになるかもしれない。第一護衛隊群が、今夜中に横須賀を出る。われわれも、第一護衛隊群の指揮下に入る」

「後ろ髪引かれるわ。鮫がいる海で仲間を残して去るなんて」

唯一の海保出身クルーの亜希子が言った。

「済まない。その代わり、こちらの潜水艦部隊がもう少し前へ出るそうだ」

「しかし、まともじゃないですよ。サンディエゴからの最短コースだと、もう六〇〇〇キロかそこいらです。それを四日で渡りきるんですか？」

「いや、もう四日もない。上を見ても三日後には、津軽海峡か宗谷海峡を通過すると考えた方がいい。護衛隊群が、今どの辺りで迎撃するか検討中だそうだ。何しろ原潜だからね、運良く撃沈できるとしても、原子炉溶融の危険がある」

「横須賀が解答を持っているとも思えないけどな……」

「まあ、とにかく、残念だがそういうことで、われわれは間もなく離脱する。ゆっくり寝てくれ。横須賀入港はどの道夜明け前になる」

シーデーモンに負けず劣らず、このシーデビルも、尖閣から東京までの二〇〇〇キロの道のりを、一日で移動することが出来た。

彼らにとって、太平洋はコップとは言わずとも、もはや洗面器程度の大きさでしかなかった。

シーデビルは、荒れ狂う海域を、五〇ノットへ速度を上げて脱出した。

ＧＭＨＩ社社主のジョージ・Ｍ・マクリーンⅡ世は、コロラド・スプリングスからサンディエゴへと、ハックマン弁護士が手配したビジネス・ジェット機で飛んで来た。ハックマン弁護士も、ＦＢＩの監視を引き連れて、同じ時間帯にサンディエゴの本社ビルへと入った。

彼が手配したメディアが一〇〇人余り、すでに玄関のフロアに集まっていた。

マクリーンⅡ世は、ドックを見下ろす一〇階の社長室に立ち、窓を一〇センチばかり開けて外の空気を導き入れた。

「私もついに、この潮の香りと別れを告げる日が来た」

「そう長くはないでしょう。せいぜい五年か、そんなものです」

ハックマン弁護士は、マクリーンが読み上げるステートメントをチェックしながら慰めた。

「何事も順調には行かない」

盗聴器が仕掛けられているせいで、二人とも事件の核心については喋らないことにしていた。

「思い出すな……。私が初めてここを訪れた時、マックはエンタープライズのプラモデルを持って床で遊んでいた。あのフネは坊やの背丈より大きかった」

「君も耄碌《もうろく》したな。それは旧社屋での話だよ。もっとも、社長室に関しては、その雰囲気を壊さないよう努めたがね。そう。ここに関しては、三〇年前とほとんど変わっていない。黒電話がシステム・テレフォンになり、タイプライターがパソコンになったぐらいだ」

電話は置いてあったが、パソコンはＦＢＩが持ち出したらしかった。書類棚も全て空だった。

「こういう結末を予想したかね？」

「いやぁ。私が父から会社を継いだ四〇年前、そんなことを考える余裕は無かったよ。毎晩、このドックから出ていったフネが、ソヴィエトの潜水艦部隊から奇襲を受けて全滅する悪夢に魘《うな》されていた」

「敵は遠くになりけりだ……」

「まったくな。だが、仕事は果たした。そうだろう？」

「ああ。君は胸を張っていい。ＧＭＨＩ社とわが海軍は、立派にアメリカを守り抜いた」

秘書がドアをノックした。

「今行く」

マクリーンⅡ世は、開けた窓を閉じた。

「いつもこうしていたんだ。帰り際、窓をしばらく開けて空気を入れ換える」

「君が帰ってくるまで、このままで維持させるよ」

「その時まで会社があればな。いずれにせよ株主はいる。会社のためにも、一日も早く買い手を探してくれ。買いたたかれても一向に構わない」

「ああ、残念だが、それは真剣に検討している。まだ何処からもオファーはないがね」

二人は、部屋を出て、エレベータで玄関のフロアへと降りた。

エレベータの中には、マクリーンⅡ世が座るための、専用椅子が置いてあった。

「こんなものを頼るようになったら、ビジネスの一線から身を引くべきだと思っていた。長生きしすぎたよ」

エレベータの扉が開くと、一斉にフラッシュの放列が二人に襲いかかった。

フラッシュが収まるまで、お立ち台までの三〇フィートほどを、二人はゆっくりと歩いた。

マクリーンⅡ世は、会社のロゴマークとインターネットのＵＲＬが記述されたお立ち台に立ち、ステートメントを置き、記者団を一通り見渡してから、かつて、あのベトナム戦争当時「わが社の艦隊は無敵である」と言ってのけた威厳を取り戻して声明を読み上げた。

この記者会見の終了一〇分後には、彼が読み上げるステートメントが、会社のホームページにアップロードされる予定だった。

「まず第一に、私は、この会社の経営に責任を持つ唯一の人間として、シーデーモンの乗組員四〇名近くを、無線機も持たせず、漂流状態に晒したことをお詫びする。他に術が無かったとは思うが、危険なことであった――」

記者らが一斉に声を上げたが、マクリーンは、それが収まるまで静かに待った。

「……次に、私は現在発生している事態に関して、法律上の責任を回避するものではない。道義的責任を含めて、その責めはあげて私一人が負うものである」

そして、マクリーンは、ようやく記者たちの質問に答えた。

「目的は、諸君らが察しての通りだ。年寄りのわがままだ。せめて、息子に、邪魔が入らない場所で、親子水入らずで孫を抱きしめさせてやりたいという一心から、この計画を思いついた」

「家族はすでに日本か韓国へ渡ったという情報がありますが？」

ロスアンゼルス・タイムズの敏腕記者、マリー・ギリアム女史が、絶妙のタイミングで声を上げ、同業他社を圧倒した。

「たぶんそうだろうと思う。会社の人間が、誘拐同様に二人を飛行機に乗せたはずだ。何処へ行ったかは知らない。韓国かも知れないし、日本かも知れない。私は、作戦の細部に関しては、いっさいタッチしていない」

「では、行方不明のファナブル提督が指揮を執ってらっしゃるんですね？」

「そうだ。彼がこの作戦の指揮を執っている。だが最高指揮官ではない。それは私だ」

「提督は何処に？　シーデーモンですか？」

「知らない。私には知らされないことになっている」

「今回のシージャックには、他に二つの目的があったと聞いています。一つは、シーデーモンの優秀さを誇示して、海軍首脳に性能をアピールすること。そしてもう一つは、マクリーンⅢ世はライバル社にはめられたという噂がありますね。その証言をマックから得るのが目的だという噂がある」

マクリーンⅡ世は、ほほえんで答えた。いずれも、ハックマンが流したリーク情報だった。

「まず第一に、シーデーモンの性能は、こういう形でアピールする必要はない。第二に、そういうデマがあることは知っている。しかし、マックが犯した罪は、誰かから唆《そそのか》されたわけではない。マックが寝ている間に誰かが薬物を注射したわけでも無ければ、バーで飲んだくれている時に、火炎瓶を誰かが差し入れたわけでもない。いかなる意味においても、私の息子は、その犯した罪から逃れられるものではない」

「シーデーモンは全武装状態のはずですが、更に多くの犠牲者を出すことになるのではないですか？」

「彼らは、自分たちに危険が迫っていると見れば、反撃を躊躇《ためら》わないだろう。しかし、極力武力行使に出なくとも、シーデーモンは、その性能だけで難局を乗り越えるものと確信している。そして、息子と孫が対面を果たしたら、韓国、あるいは日本において、武装解除を受け入れるはずだ」

「海軍の信頼を裏切ったことをどう思いますか？」

「それは……。申し訳ないという他はない。私の友人、あるいは、わが会社の空母、巡洋艦、駆逐艦、潜水艦、それらの性能に全幅の信頼を寄せ、自由の旗の下に戦ってきた海軍兵士の信頼を裏切ることになったのを残念に思う。もちろん、この計画に、心ならずも巻き込まれることになった、シーデーモンの現クルーの諸君にも詫びたい」

ハックマンは、もういいだろうとマクリーンの腰の辺りを押した。

「では皆さん、このへんで」

ハックマンは、質問を発しようとする記者団を、両手を上げて制した。

「諸君。私は、弁護士として、司法当局が、マクリーンⅡ世の年齢と、国家に対して果たしてきた業績に鑑《かんが》み、相応の待遇と、礼儀をもって接してくれることを望む。以上だ」

記者団の後ろに、トレンチコートを着てサングラスを掛けた集団がいた。

脳味噌の皺を全部引き延ばした所で、FBIはマクリーンⅡ世から、何の情報も得られないはずだ。

ハックマンとマクリーンがこの三〇年間築き上げてきた会社の防衛プログラムは万全だった。少なくとも、その跡取り、マクリーンⅢ世の問題を除いては。


ハリマン提督は、国防総省内の国家軍事情報指揮《NIC》センターへと戻っていた。

昨夜彼が、デルタ・チームのボスとしてオペレーション・センターに詰めてから、まる二四時間が経過しつつあった。

今夜のデルタ・カイザーは、空軍の将軍が就く予定だったが、事態の重大さに鑑み、しばらくは海軍が人を出すことになっていた。

二〇人ほどが着席できるドーナツ型のテーブルの上座で、ハリマン提督は、手ぶらのまま引き上げるバーバーズ・ポイントのP－3Cの位置情報を、スクリーン上で見つめていた。

　つい半年前まで、バーバーズ・ポイントで実際にP－3C部隊の指揮を執っていたトム・デニス大佐が、レポート用紙に複雑な図形を描き、時々数学計算機のキーボードを叩いてはため息を漏らしていた。

　一度だけ、すわシーデーモンかと色めき立ったことがあったが、いざ攻撃準備に入ったら、マッコウクジラが浮上してきたという有様だった。

「残念ですが、提督。そろそろP－3Cの行動半径を抜けます。作戦は失敗だったと言わざるを得ません」

「なぜ？」

「シーデーモンは、すでに北緯四〇度付近まで北上したものと思われます。ミッドウェーからP－3Cを出す以外にありません」

「間に合わんのだろう？」

「はい。遺憾ながら、西海岸を発った部隊は、ようやくハワイへ着陸しようかという所です。もっと早い段階で、ミッドウェーへ部隊を進駐させておくべきでした」

「二四時間を棒に振った……」

　提督は、天井のソフトライトを見あげてため息を漏らした。

「いえ、そんなことはありません。コロンビアの接触データは、極めて貴重でした。ハワイの対潜センターの連中が、貴重な情報を拾い出すでしょう、何しろ、われわれは基礎データを収集する前でしたので。ひょっとしたら、三沢へ進出したP－3C部隊が、それでケリを付けてくれるかも知れません」

「そう願いたいね」

クラッシャー中佐が、マクリーンⅡ世の記者会見内容がタイプされた用紙を持ってきた。

「ハックマンの奴め、狸《たぬき》親父が……」

「心理作戦のチームを編成して分析させました。あまり大部隊で、しゃかりきになってシーデーモンを追っているような発言は控えるべきだとのアドバイスです」

「どうして？」

「西部劇みたいなものです。とらわれの主人公を助けに行くためにシージャックされたフネを大部隊で追う政府という図式は、大衆受けしますからね」

「その主人公は、三〇名近い子供たちを殺したんだぞ」

「韓国人の反応は大げさ過ぎたというのが、アメリカ人の率直な気持ちです。しかも死刑というのは、われわれの人権感覚に訴えるものがある。アメリカ人は滅多にパールハーバーを持ち出さないのに、いつまで経ってもヒロシマ、ナガサキと耳元で喚き立てる連中は、少々煙たいですからね。それと一緒ですよ。どうせ国民は、中国人と韓国人、日本人の区別なんてつきはしないんだから。とにかく、問題を矮小化しろというのが、心理戦のスペシャリストたちの提言です」

「そんなにうまく行くもんか。ハックマンの方が数枚上手だぞ。マードック系のテレビ・ニュースを見てみろ。今、シーデーモンはどの辺りで、何十機のP－3Cと、世界最強の第七艦隊を煙に巻いて疾走中。このシーデーモンは、スーパー・ドレッドノートに匹敵する戦闘艦の革命児になると囃《はや》し立てている。今朝の記者会見の後、真っ先に私を探し当てて電話して来たのは誰だと思う？　ハリウッドのプロデューサーだった。私の役はトミー・リー・ジョーンズではどうかという話だった。冗談じゃない。シュワルツェネッガーでも断ると怒鳴ってやった。海軍は、いかなる協力もしないとな」

「ええ。私が聞いている所では、すでに脚本が一〇本ばかりスタートしたそうです。来年の年末辺りには各社間に合わせたいそうですよ。少しはまともな役者を使って欲しいですね」

「冗談はよせ」

「金が掛からないんですよ。潜水艦が舞台なら、攻める側は記録映像で、艦内映像は簡単なセットで済む」

「そういう問題じゃない」

「国民にとってはそういう問題です。ニューヨークの小学校で子供たちが殺されたわけじゃありませんからね。最新鋭の戦闘艦が乗っ取られて大艦隊を煙に巻くなんて痛快ですよ」

「くそ……、痛かったな。せめて空母の一隻もいれば」

「同じことです。追いつけないのでは話にならない。空母部隊のプライドが傷つくだけですよ。そっちの方が長期的には問題です。第七艦隊をまいたフネを採用しない海軍。一方、各国海軍はこぞってシーデーモン・クラスの建造に乗り出す。そういう羽目になりますよ」

　オアフ島北西域で対潜作戦を展開していた最後のP－3Cのフラッグのカラーが、赤からグリーンに変わった。

　対潜ステーションを解除し、帰還の途に就いたことを意味していた。

「ロシアはいないのか？」

「ウラジオストックの近くにはいます。でも、連中を頼るのはやめた方がいい。いきなり核爆雷を使いかねないですよ」

「ブレット中佐が横須賀に着くまで、あと何時間だ？」

「まだたっぷり六時間は掛かります」

マディソン大尉が答えた。

あのシーデーモンは、ひょっとして飛行機より速いんじゃなかろうかと提督は思った。

そう錯覚させる圧倒的なムードがあった。


コマンチのクルーが目覚めた昼過ぎ、シーデビルははや、徳之島沖まで達していた。

昼食を終えると、クルーらはＣＩＣルームに集合した。

桜沢副長が、そこから衛星回線を使ってインターネットにアクセスしていた。

ＧＭＨＩ社社主の記者会見の模様を知ることが出来た。

「今、シーデーモンという単語で検索を掛けると、もう五〇件ほどのサイトが立ち上がっているのよ。全部、シーデーモンを応援するサイトばかり。アメリカ人がこの事件をどう見ているかが解るわ」

「撃沈できても、あまり喜べないな」

片瀬艦長は、フラット・スクリーンの情報を見下ろしながら呟いた。

「ファナブル提督と、艦長のポール・アーネスト大佐の経歴に関しても載ってます。二人とも、八七年にペルシャ湾で発生した、民間航空機誤射事件で軍法会議に掛けられています。ファナブル提督は、その時の艦隊司令官、アーネスト大佐は作戦参謀でした。二〇〇名を超える聖地巡礼の民間人が死んだ事件です。ファナブル提督は、その年に予備役編入、アーネスト大佐は、僻地を転々とした後、ファナブル提督に呼ばれてGMHI社へ。乗組員のほとんどが、軍のエリートコースにありながら躓《つまず》いた人々ですね。優秀ですよ。とりわけ、ソナーマンとして乗り込んだマーカス・マクノートン少佐は、事故で盲目になりながら、その後GMHI社に入り、ソナーに関するいくつかの論文をものしています」

「ああ、マクノートンの論文なら読んだことがあります」

脇村二曹が言った。

「この世界では、かなり知られた人物ですよ。盲目のソナーマンとして。妹も乗っているんでしょう?」

「ええ、アリッサ・マクノートン少佐。アメリカ海軍初の女性スキッパーを約束されていた人物よ。嫌になるわ。アメリカ海軍から一番優秀な人材を集めているんですもの」

「GMHIは、その面ではいい人材を集めているからな。ロス級をまいたテクニックを知りたいな。五〇、六〇ノットも出して、どうやって外の音をモニターできるのか」

「興味がありますね。そんなことが出来れば、潜水艦はバッフル・クリアなんかしなくても済むようになるし、安全に高速を出せる。コストダウンすれば、民間船舶にも応用できますよ」

「会長は結局、何も喋らなかったのかね？」

「そのようですね。彼らは細部は何も知らされていないでしょう。恐らく全ては、フ
ァナブル提督の作戦のはずです。うまく出来てます。政府の意向に反して他国で軍事
作戦を展開するのは初めてじゃないですからね」

「経歴書が欲しいな。彼らが軍に在籍中に書いた論文の全て、あるいは性格とかも」

「アメリカは渋ってますよ。ブル・メイヤに頼み事しに行きながら、設計図一枚渡そ
うとしなかったんですから」

「新装備の話とかはどうなっているんですか？」

荒川三佐が尋ねた。

「アンチ魚雷が届くらしい。これで少しは楽になる。敵が魚雷攻撃して来るならな」

レーダー・スクリーンに、単縦陣で進む船団が現れた。

「海保の巡視船団です。尖閣の部隊を増強するみたいです」

「ソナーも持たない巡視船が何十隻来たって、相手が潜水艦じゃなぁ……」

シーデビルは、巡視船団のレーダー視界に、一分と留まることは無かった。すぐさ
ま針路を変え、大回りして横須賀へのコースをホールドし続けた。

クリスティン・ブレット中佐を乗せたノースウェスト機が成田空港に着くと、迎えのSH－60ヘリコプターが待機していた。

彼女を乗せたヘリが横須賀に到着する頃には、日本も夕暮れを迎えていた。

通称コマンド・ケイブと呼ばれるトンネル司令部の中へとジープで進む。最初のゲートで、彼女の特別パスを持った人物が、待ちかまえていた。

「これを胸に――」

「まあ、スコット！　珍しいわね。貴方が陸にいるなんて」

スコット・ダイソン中佐は、そのジョークには付き合わずに、険しい顔でバレット中佐を出迎えた。

「準備は出来ている。データも届いている」

ダイソン中佐は、ブレット中佐がジープを降りて、二人だけになった時、初めてまともな会話をした。

「ケンからの報告書だ。とんでもない。こんな潜水艦をどうやって攻撃するんだ？」

「頭が痛いけれど、不可能じゃないわ。たぶんね」

「たぶんじゃ困るよ」

コマンド・センター前の銃を持つ海兵隊員にＩＤカードをかざす。部屋へ入ると、いつもの倍の人間が詰めていた。

二人は、その人間の山の背後に立ち、スクリーンを観察した。

「自衛隊の八八艦隊が出たよ。とても阻止できるとは思えないがね」

「空母は間に合わないのね？」

横須賀を母港とする空母〝インディペンデンス〟は、まだシンガポール沖だった。

「こんなとんでもない性能だなんて、君は教えてくれなかったぞ」

「貴方は興味を示さなかったじゃない。そもそもここしばらくずっと海外勤務だったんだから。シーデビルは何処なの？」

「解らない。もう尖閣を離れたという情報は届いている。連中の居場所は、ＮＴＤＳの回線にも載らない。海自の連中も知らないというだけだ。たぶん本当なんだろう。君は本気だったのかい？　あんなのをポスト・イージスに……」

「本気よ。何か問題でもあったかしら？」

「何処から見ても潜水艦だ。水上艦乗りはどうなる？」

「厳密な意味での水上艦は、シースキマー・ミサイルの時代では、単にミサイルの的でしか無いわ。ミサイルは一発一〇〇万ドルもしないけれど、イージス艦はいくらすると思う？　次の世代のイージス艦なんて、その千倍の値段ではとうてい買えないのよ。イージス艦一隻を沈めるためには、ミサイル百発もあればこと足りるんです。単純なコストパフォーマンスの計算よ」

「ポスト・イージスだって金は掛かる。シーウルフなんか目じゃないんだろう？」

「ええ。でも、サバイバリティが向上し、何より速度が増せば、配備艦数は少なくて済む」

「問題はそれだよ。今ですらポスト不足に泣いているのに、これ以上実戦艦が減らされたら、僕らはみんなデスクワークで歳を取る羽目になる」

「その辺りの話はゆっくりしましょう。まずは、食事でもしたいわね。そこいらの鮨バーでいいからちょっと出ない？　コロンビアからの報告書も読まなければならないし」

「シーデビルが入港するにはまだ時間がある。いいだろう。マーカスの話もしなきゃならない」

「あら。アリッサの話をでしょう？」

バレット中佐は、意味ありげな調子で言ったが、ダイソンは、険しい表情を崩さなかった。ジョークで済ますには、あまりにも重大な事態だった。

第五章　第一護衛隊群

三〇ノットの艦隊速度を維持していても、稼げる距離は、六時間で三〇〇キロに過ぎない。

横須賀を出港した第一護衛隊群は、一日走って、ようやく八戸沖一〇〇〇キロの海上へ展開できるだけだった。

シーデーモンのスピードなら、彼らが張った網を、ほんの一時間で突破できる。向こうから飛び込んで来ない限り、その捕捉はまったく非現実だなと護衛隊群司令の村上壮治郎《むらかみそうじろう》海将補は思っていた。

「〝ゆきかぜ〟の位置情報はまだ届かないのか？」

「海幕はＮＴＤＳの回線に載せたくないんでしょう。敵が米海軍のその情報を拾っている可能性がありますからね」

首席幕僚の西条彰《さいじょうあきら》一佐が、ソファに軽く掛け、コーヒーカップを持ったまま答えた。

そこは、第一護衛隊群旗艦の〝しらね〟（五二〇〇トン）の司令公室で、その〝しらね〟の背後に、新編なった第一一護衛隊の〝むらさめ〟〝はるさめ〟を始めとし、第六一護衛隊のイージス護衛艦〝きりしま〟が単縦陣形で続いていた。

第一護衛隊群は、ようやく仙台沖に差し掛かった所だった。

「アイディアはあるかね？」

「昨日の今日ですからねぇ……」

作戦幕僚の横山静雄《よこやましずお》二佐が呟いた。

「だいたい、水中を六〇ノットで航行できるなんて、考えもしませんよ。敵が向こうから寄って来てくれるのであればともかく。私としては、正攻法で行くしかないと思っています。ヘリでぎりぎり寄って。なるべく真上で魚雷を放り込むしかない。浅い海域へ上がって来てくれるなら、ボフォースという手もありましたけど、ボフォースなんてうちの艦隊じゃもう搭載していませんし」

「航空隊への期待大という所か」

航空幕僚の田代浩一《たしろこういち》三佐が、「見つかりはするんでしょう」と応じた。

「ロス級原潜でキャッチできたものは、必ずシーホークのシステムでキャッチできます。問題は、どれだけどんぴしゃりで魚雷を落とせるかでしょう。ロス級が失敗したのは、サブロック・タイプで、たぶん着弾点の予測がうまく行かなかったせいじゃないですか？　ヘリから直接落とせば、かなり精密な攻撃ができます」

「シーデビルにもシーホークを載せるんだって？」

「ええ、館山から三機乗り込むそうです」

「あれ、対潜システム持っているの？」

　作戦幕僚が尋ねた。

「ええ、ＪＴＩＤＳ、ＦＣＳ‐３、ＵＹＫ‐44、もちろんＬＡＭＰＳのシステムも。何でもござれです。一度ＣＩＣを覗いたことがありますが、あれだけの人数で良くやるなというシステムでした。きりしまのシステムより新しいですよ。米軍とのデータ交換もありますから」

「誰が金出してんの？」

「日本政府じゃないんですか。国連への供出金が、回り回ってシーデビルの機能アップに活かされていると、パイロットの荒川さんは言ってましたけれど。私が考えているのはですね、プラットフォームとしてのシーデビルの運用です。護衛艦部隊は、とてもシーデーモンに追いつけないですが、シーデビルなら辛うじて追尾できる。そこで、シーデビルに乗り込む三機のシーホークを含めて、われわれの持つ八機を、全部シーデビルに委ねるんです。あれをプラットフォームにして、ソノブイ、魚雷、及び燃料とクルーの交換に使えます」

「シーデビルで一一機もの対潜ヘリをコントロールできんの？」

「正確には、シーデビル搭載の多目的ヘリを併せて一二機の対潜ヘリを運用することになりますが、最大二回の補給を見込めないかと思っています。これは、津軽海峡を突破された場合ですが。後は、舞鶴の三群に引き継げばいい。まあ、上から降りてきた作戦ですが」

「われわれの作戦が失敗を前提としているみたいで、あまりいい気分はしないな。必要な措置だとは思うが。では諸君、続きは明日の朝食としよう。朝になれば、シーデビルの情報も入っているはずだ」

皆が、コーヒーを飲み干し、一番若い航空幕僚が、カップをお盆に集めて出ていった。

とんだ貧乏くじを引かされたなと村上は思ったが、日誌には、「任務の重大さに身震いしつつ眠る」とだけ書いた。

彼は、敵の足を止める方法を考えていた。浅海域ならともかく、太平洋では、まずその足を止めることが第一だと考えていた。


横須賀の寿司屋からスコット・ダイソン中佐の自家用車で再び基地内へ入ると、クリスティン・ブレット中佐は、「よせば良かったわ」と漏らした。

「せめてビールぐらいは飲みたかったわよね」

アルコール無しのディナーなんて興ざめだった。

「無事に片づいたら、六本木を案内するよ。そこそこ楽しめる。君はまだ若いんだな？」

「あら、子供まで出来て丸くなった？　スコット、軍で女が生きて行くには、いろいろと捨てなきゃならないこともあるのよ。貴方は身に沁みているんじゃなかったの？」

ソナーデータを処理する設備を持つＴＦ74潜水艦運用任務部隊のデータ処理ルームで、ダイソン中佐は、紙コップのコーヒーを飲み干してため息を漏らした。

「君はどう思うんだ？　あれは復讐だと思うかい？」

「さあ……、人間、執念深くなる時もあるけれど、関係ないでしょう。貴方が出世のために、軍を取ってアリッサを捨てたというのなら、彼女も軍での出世を取って、貴方を捨てたんですから。単に、どちらが最初に別れを切り出したかでしょう」

「あの頃、彼女はマーカスの事故で、すっかりパニックに陥っていた。僕はそんな中で別れ話を切り出したんだ。あれは非情だったよ。こっちも、異動を控えていらいらしてたけれど。だいたい、マーカスは会社に助けられたというだけで、こんな無茶なことをする男だったのか不思議でならないよ」

「彼は光を失って哲学者になったのよ。あの兄妹は一卵性みたいなものだから、別に不思議はないわ。それに、貴方は会ったことないかも知れないけれど、マック・Ｍ・マクリーンという人間は、それだけの魅力を持っているのよ。あんな人望家、海軍の何処を探してもいないわ」

「謀略話があるけど、本当はどうなんだい？　どうもこんな所にいるせいか、ペンタゴン辺りの情報に疎《うと》くてね」

「私は、身辺に気を付けている……。とだけ言っておきましょう。実際、システムズ・コマンドでも、かなりの派閥争いがあるのよ。潜水艦派は、シーウルフ計画が頓挫して快く思っていないし、水上艦派は、ここで押されたら百年は立ち直れないと殺気だっている。その謀略の核心にＭＳＩ社がいたとか、そのターゲットとして、マックがヤク中にされたなんていう話は信じないけれど、そういう険悪な雰囲気はあったわね」

テープの山を抱えた、ちょっと腹の出た男が部屋に入ってきた。白髪混じりの少佐だった。

「紹介しよう、グラース少佐だ。ええーと名前は……」

「ガブリエルよ、スコット」

バレット中佐は、グラース少佐に軽く抱きついてキスした。

「やれやれ、クリスティン、私が孫を抱いている間に出世したか。おめでとう」

「有り難う。でもスコットに遅れること二年よ。女性の地位はまだまだよ。海軍大学の同期で男が全部出世した後、ようやく私に番が回ってきたんですから」

「なんだ。知り合いだったのか？」

ダイソン中佐がぶすっと言った。

「私に水中音響学を教えてくれたのよ」

「昔の話だ。君を放っといて結婚する連中は辛いだろうな」

「いつおじいちゃんに？」

「半年前だ。何なら、泣き声を聴くかい？　イルカのように泣くんだ。今、なんとか法則性を見出せないかと研究中だ。声のトーンや反復性によって、子供が発している無意識のメッセージが、その中に秘められているはずなんだが、どうもまだ良く解らない」

「そうなの。世界一のソナーマンの腕より、母親の耳の方が正確なわけね」

「まったくだ。さてと、こんなことになって残念だ」

グラース少佐は、二人を、壁を埋め尽くす分析機の前に立たせ、ヘッドホンを被らせ、自分は、抱えていたテープを、セットした。

「マーカスは、ある種の才能を開花させた。そう思わないか？」

「同感ね。あの人に、ソナー関係の才能があるなんて思ってもみなかったわ」

「たぶん、進化したんだよ。眼を失った代わりに。君は、最後はいつ会ったんだ？」

「会ったのは二週間前ね。話したのは、彼らが出港する直前、例の想像図がすっぱ抜かれて、いろいろと手を打つ必要があったから」

「君は誘われなかったのかい？」

ダイソン中佐が尋ねた。

「全然……」

そう答えるブレット中佐は、まったく不満そうだった。

「誘ってくれれば乗っていたかも知れないのに」

「滅多なことは言うなよ。君を信用したとは思えないな」

「というより、きっとアリッサに嫌われたのよ。マーカスの性格からすると、私はそう解釈しているわ。彼女、マーカスの一件以来猜疑心が増したみたいだから」

グラース少佐が、リール・テープを回してボリュームを上げた。

サーというノイズがヘッドホンから流れて来る。

「どう思う？　クリスティン」

「そうね……、何だか、鰯《いわし》か何か、小魚の群が泳いでいるような」

「キャビテーション・ノイズだよ。シーデーモンの」

「これが？」

ダイソン中佐は、首を傾げて信じられないという顔をした。

「実際、これでも、この目標は、五〇ノットを超えるスピードで移動している。このスピードが無ければ、ソナーマンは、小魚の群だと錯覚するだろう」

「それで、何か解ったの？」

「大事なことだ。このフネは、発見できるということだ。何しろコロンビアは、四〇キロ離れた所から発見した」

「あれはロス級でも最新のものですからね。不思議じゃないわ。それに、たぶん彼らはわざと姿を晒すようなことをしたのよ」

「その点は同感だ。だが希望の灯りはあるよ。艦尾下方からの攻撃に弱いことが解った」

「どんなフネでもそこは泣き所よ。そこへどうやって回り込むかが問題よね」

「まあ、もう少し時間をくれ。シーデーモンが津軽海峡を突破する頃には、もっと詳しいことが解るかも知れない」

「お願いするわ。行けると思う？」

「うん。勝負は日本海に入ってからだろう。何しろ太平洋では思う存分のスピードが出せるが、韓国へ近づけばそういうわけにも行かない。われわれにも勝ち目はあるよ。日本の八八艦隊は優秀だ」

ブレット中佐は、軽く頷いてヘッドホンを外した。

「さて、スコット。シーデビルが入港するまで、まだ時間がありそうだわ。ケンの報告書を検討しましょう」

「そうしよう。コロンビアは、浮上してパールハーバーへ帰港中だ。もし何かあったら呼び出せるようにしておいた」

ブレット中佐は、シーデーモンの弱点を発見しなければと思った。それが無駄な努力であることを知ってはいたが、弱点なくして、シーデーモンを撃沈することは不可能だった。

ファナブル提督が、設計図が完成した時にいみじくも言ったものだった。

あのナチスですら、こんな恐ろしい兵器は造らなかったと……。

マーカス・マクノートンは、兵曹用食堂の調理場で、アリッサが電磁鍋を使って夕食のローストビーフを焼くのに付き合っていた。

サンディエゴを出港して以来、ずっと戦闘食で、皆そろそろ嫌気がさして来た頃だった。

マーカスは、食堂のテーブルに座り、ノートパソコンのキーボードを叩いていた。そのパソコンは、彼のプログラムによって、叩いたキー固有の音を出すようになっていた。

イヤホンを耳に突っ込み、マーカスは、常人が打つより幾分速いという程度のスピードで、キーを叩き、プログラムを作っていた。

「今頃、母さんたち、どうしているかしら」

「家は、ＦＢＩにごっそりやられただろうな。けど、ご近所はいい人たちばかりだ。それに、失う物のない人々だ」

「もういい歳よ……」

「僕らもさ」

「バーバラはどうしているかしら」

「ハッハッ。もういいじゃないか。終わったことだ」

「良くはないわ。彼女も苦しんだのよ」

「刑務所に差し入れぐらい持ってきてくれるかな」

「手紙でも書きなさい。今更、許して貰えるとも思えないけれど」

「そう言うアリッサはどうなんだ？　スコットが待ち受けている。スコットとの仲がおかしくなったのは、僕の事故のせいだ」

「誰のせいでもない、運命だったのよ」

アリッサはさらりと言ってのけた。

バルクハッチが開き、機関長を務めることになったクリフ・レダーマン博士が入ってきた。

「いい匂いが漂って来たんで訪ねてきたが、何か深刻な話かい？　でなけりゃ手伝うよ」

「昔話ですよ」

「手伝いはいるかい？」

「よろしいんですか？　博士」

「博士はよせと言っている。今時、女だからと言う理由だけで調理場に一人立たせるなんて前近代的な組織だ」

レダーマン博士は、会社が設計した艦艇のほぼ全ての機関回りに関して、設計から施工まで携わってきた人物で、燃えさかるガスタービン・エンジンに右手を突っ込んでその調子を見るといわれている男だった。

「どうです？　機関長の椅子は」

「退屈だね。正直な話。この頃のシステムは行儀が良くなりすぎた。こっちが気づく前に勝手に出力を調整する。二基も原子炉を搭載しているのに、何の異常も無いんだぞ」

博士は、手を洗い、調理服に袖を通しながら言った。

「あったら困りますよ。それに博士が設計した核心部です」

「子育てと似たようなものだな。一人目はパニック、二人目で戸惑い、三人目はどうでも良くなる。放って置いてもいつのまにか成長している。昔のディーゼルの時代が懐かしいよ。あれはマシーンごとに個性があった。君があの時代にソナーマンをやっていたら、大喜びしたはずだよ。ガスタービンや原子炉の無機質さとは全然違うからな。われわれの時代は終わった。今は、衛星経由のデータ通信が全てだ。現場の指揮官や、ベテランの機関部員の出る幕は無い。モニタリング・システムさえあれば、機関部員も不要になる。全部コンピュータがやってのける」

博士は、慣れた手つきでトマトを切り始めた。

「そろそろみんな呼んだ方がいいぞ。せっかくの肉が冷める」

「じゃあ、僕はコマンド・センターを預かりますので。艦長らを呼んできます」

マーカスは、パソコンを閉じて腰を上げた。

発令所とソナールームを預かる、ほんの数名の下士官を残して、全員が食堂で温かい料理にありついた。もっとも、アーネスト艦長は、ほんの一〇分で切り上げて発令所へと戻ったが。彼は、ローストビーフの出来映えに関して、感想すら漏らす暇なく席を立った。

シーデーモンは、すでにミッドウェーより西側まで進出し、国際日付変更線を越えようというところだった。もう二四時間は、彼らにとって、しばしの休息が得られるエリアだった。

シーデビルは、太陽が昇る前、観音崎灯台を回ることが出来た。レーダー・リフレクターを艦隊の随所に下げ、ブリッジ前方には、アルミ箔のシートを広げての航行だった。

この時間でも、浦賀水道は、船舶で渋滞していた。

いつもと違い、見張りを倍にしての入港だった。

横須賀の住宅街からも、海側からも姿を隠せるとある造船所のドックへと直行し、機関を停止した。二週間ぶりの入港だった。

梯子が掛けられると、さっそくメーカー関係者と装備局が乗り込んで来て、クレーン・デッキを操作し、後部ＶＬＳ発射基の中身の総入れ替えを始めた。

午前七時過ぎになって、トラックとバスを連ねた集団がまた乗り込んできた。

脇村二曹がブリッジへ上がると、すっかり髪の毛が抜け落ちた男性が上がって来る所だった。

「おや、野村《のむら》さん、まだいらしたんですか？」

「まだっていう言い方は無いだろう。でも今年限りだ。これが最後のご奉公だな」

「乗って下さるんなら、心強いですよ」

「ああ、お前さん一人じゃ気の毒だと思ってな。所で、このフネは揺れるのか？　俺はフネは駄目なんだ」

「まあ、高速運転中はほとんど揺れません。でも、フネの臭いってのがありますからね」

「ああ、俺はそれが駄目なんだよ」

慣れない足取りでブリッジへ上がった男は、艦長に最敬礼した。

「海洋業務群対潜資料隊から参りました。野村万作《まんさく》二尉以下二〇名、〝ゆきかぜ〟水測員として着任を命ぜられました」

「ご苦労です、野村さん。脇村君が昔お世話になったそうで」

「すみません。先生がぼんくらだったせいか、たかが旧式潜水艦一隻捜し出せんようで」

「そりゃないですよ。条件が厳しかったんですから」

「艦長、機器を置くスペースは、事前に確認して来たのでありますが……」

「ええ、ＣＩＣルームの隣室、普段は卓球台が置いてある所なんですが、ケーブル等はある程度は引いてあります。でも間に合いますか？」

「間に合わせます。本当なら二週間は貰いたい所ですが、何とかやってのけます。機器の調整は、動き始めてから掛かるしか無いですが。脇村君をお借りしていいですか？」

「ええどうぞ」

二人は、まずＣＩＣルームへ降りた。野村二尉は、機器の真新しさに目を見張った。

「尖閣のチャートと、状況を教えろ。俺はモニターが組み上がるまでは暇なんだから」

「はあ……」

「お前さん、結婚すんじゃなかったのか？」

「はあ、後で紹介します。まずは披露宴の資金ぐらいためようと思いまして」

「そいつはめでたい。引退した後は、生徒の結婚式ぐらいしか楽しみは無くなるからな」

「再就職はどうなさるんですか？　メーカーとか」

「いや、植木屋になる」

「植木屋？」

「ああ、盆栽が趣味なのは知っているだろう？　あれは精神安定にいいぞ。家庭で出来る座禅みたいなものだ。ソナーマンに大切なのは、精神のバランスだ。聞こえない音を聴く。これが大事なんだ。趣味じゃなく、仕事のためにと始めた盆栽だったがな。知り合いの植木屋に二年ばかし奉公させてもらうことになっている。家を建てる時は呼んでくれ。庭の設計を受け持つから」

「僕らの世代、庭付きの家なんか買えませんよ」

脇村は、フラット・ディスプレイに、尖閣付近の海図と、時間ごとの概況図データを呼び出した。

「ひぇー!?　これが全部海保のフネかよ？　未だにこんな数を張り付けているのか？」

「ええ、いつボートで乗り付けられないとも限りませんからね。こんな中でＭＡＤ捜索とかやるんです。まともなデータなんか取れはしませんよ」

「じゃあ、ソナーデータだけで拾えばいい。技本が、新しいソノブイを作っている。間に合えば、何処かで届けて貰えるそうだ」

「酷い時化《しけ》が、海中まで影響を及ぼしていたんです」

「どっちの潜水艦だ？　台湾、大陸か？」

「まったく解りません。キロの一番新しいタイプの可能性はあるかなと思っていますが」

「ふん。この中で捜すってのはな。だがキロは無いだろう。あの大きさで、ＭＡＤに引っかからないというのは解せない。だとすると、ものは台湾だな」

「台湾だと、あまり強い態度には出られないですね」

「構うもんか。外交がそういう弱腰だから舐められるんだからな」

　部屋の外が騒がしくなった。

「しかし、二〇名を連れて来てどうするんです？　このフネが搭載できるのは、せいぜいヘリ四機ですよ」

「いざとなれば、一群搭載のヘリを全機引き受けることになっている。そのデータは、当然こっちで処理するからな。機数分のデータ・バス・システムとモニターを持参したというわけだ。心配はいらん。整備面で迷惑は掛けないそうだ。後で、館山から整備クルーごと乗り込んで来る」

「まあ、賑やかなのは歓迎ですけれど……。間に合うんですか？」

「出来るさ。このフネならな。アンテナ用の管に余裕があるし、空間もある。だいたい、こんなフネをたった三〇名ぽっちで動かそうという方が無理なんだよ」

「ま、それは言えてますけれど」

「米軍から人が来るという話を聞いたが……」

「ええ、もうじき来るはずですよ」

クリスティン・ブレット中佐は、その一時間後、スコット・ダイソン中佐と共に現れた。

ダイソン中佐は、新鋭艦の見学目的でブレット中佐を送ってきたのだった。ドックの前方からシーデビルを見下ろし、「ＭＳＩ社がこのデータを欲しがるはずだ……」と漏らした。

「何処から見ても、ただの観光船か高速輸送船よね……。この船体表面は何かしら？やけにつるつるしていそうだけど」

「噂では、液晶を張り合わせてあるそうだ。それで視覚的なステルス効果を発揮する。アクティブのね。何でも、空飛ぶ円盤にも化けるらしい。僕はここで失礼するよ」

「あら、中を見ないの？」

「そうしたい所だが、司令部が心配だ。留守中に動きがあると拙いんでね」

「じゃあ、後をよろしく」

「いざという時のために、沖縄から海兵隊でも呼んで救出チームを待機させておくよ」

「その必要はないわ。自分が関わったフネに攻撃されて死ぬんなら本望よ」

二人は軽い敬礼で別れ、ブレット中佐は梯子を渡って乗艦許可を求めた。

桜沢彩夏副長がわざわざ舷門まで出て歓迎してくれた。

「お待ちしておりました、ブレット中佐。本艦の副長です」

「まあ、副長が女性なの？　それは心強いわ」

「有り難うございます。まずは、お部屋へご案内しましょう。ちょっとバタバタしておりますが」

「いえ、まずは、艦長と、対潜、及び上級スタッフを召集して下さい。お茶を飲む前に、このフネが追うべき敵の正体に関してブリーフィングしたいので」

「解りました。では、ＣＩＣルームへご案内します」

桜沢副長は、インターカムで艦長に電話を掛け、そのままＣＩＣへと中佐を案内した。

「かっこいい名前ですね。ブレットなんて」

「ええ。みんなからそう言われるの。名前で損をしたことは無いわね。貴方のお名前にはどんな意味があるの？」

「たいした意味はありません。直訳すると、チェリーブラッサムのマウンテン・ストリームという感じになりますから」

「あらそうなの、美しいわね」

「きっと先祖がそういう所に住んでいたんだと思います。本艦には、もう一人、コーストガードのヘリ・パイロットとして女性が乗っています」

「コーストガードが？」

「ええ。本艦の建造には、海上保安庁も予算を出しまして、その関係からです。元はといえば、領海付近に出没する高速船に手を焼いていたという事情がありまして」

「なるほど」

　ＣＩＣルームで、簡単な自己紹介が行われた。脇村二曹、野村二尉を含めて、皆がブレット中佐が持参したデータに注目することとなった。

「ＤＡＴデッキは用意して貰えましたかしら？」

「ええ。二台」

　野村二尉が、慣れない英語で答えた。

「〝コロンビア〟が拾った音紋データを持って来ました。後で聞いて下さい」

脇村が、ブレット中佐が持参したMOディスクをパソコンにセットし、映像をフラット・スクリーンに映し出す。

「GIFフォーマットで持ってきました。パソコンにコピーして貰って構いません。基本的には、概念図という程度で、設計図は実は軍にはありません。これはGMHI社の試験艦として造られたせいです。ま、信じて頂けるかどうかは解りませんが」

「その手の問題はどこにもある。貴方の責任でないとしたら、やむを得ないでしょう」

片瀬艦長が不服そうな顔ながらも言った。

「恐縮です艦長」

フラット・スクリーンに、シーデーモンの、真上、正面、真横からのスケルトン・モデルが映し出された。

「凄い……」

皆がどよめいた。

「兵器庫艦だったのか……」

「説明します。ポスト・イージス艦。来世紀においても、七つの海を支配するための、わが軍の切り札です」

この瞬間だけは、ブレット中佐も誇らしげだった。

「全長一五〇メートル、水中排水量一万八〇〇〇トン。排水量はオハイオ級とほぼ一緒ですが、長さが二〇メートル足りません。その分、横幅が大きく取ってあります。水中速力は、巡航で六〇ノット。最高速度は、ちょっと解りません。シミュレーションでは、八〇ノット近く出ています」

「……でもこれ、ただのシュラウドリング付きプロペラ推進に見えますが……」

「ええ、それが問題です。まず第一に、このフネの目的、今、わが海軍内において、ポスト・イージスの名のもとに進められている研究に関してお話しします。求められるテーマは主に二つでした。艦のスピードアップによる、カバーエリアの拡大、それは、配備艦艇の減少を睨《にら》んでのことです。二倍の速度が出れば、それは、四隻分の働きが出来ます。このシーデビルのようにね。われわれはまず、シーデビルの技術に着目しました。しかし、われわれが得た情報によれば、シーデビルのステルス性は必ずしも完璧では無いというものでした。この点間違いないですか？」

「何事にも完璧は無理です。現に、どんなに表面を細工しても、見える時には見えるし、レーダーに映る時には映ります。われわれは結局、個艦防御能力の装備に手間を掛けざるを得なかった」

「その通り、まさにその通りです艦長。シースキマー・ミサイルの一・五メートルの脅威から逃れることは、水上艦である以上、現実問題として不可能です」

シースキマーの対艦ミサイルは、海面上僅かに一・五メートルを、音速前後のスピードで突っ込んでくる。

これを完全に阻止する技術は、来世紀初頭においても不可能とされ、それが艦隊防空の泣き所として各国海軍に重くのしかかっていた。

「この状況は、恐らく来世紀も続くでしょう。そうなら、実験艦シーシャドーや、これまで発表されたステルス艦の概念のように、単にブリッジを昇降式にするとかの措置では不十分です。それで、潜ることを考えました。潜る理由は、もう一つあります。高速運転時の海面の浮遊物です。シーデビルではどうなさっているんですか？」

「目視発見しかないですね。あとは、舳先《へさき》を補強するしか。最前部はチタン合金で、その裏側を硬質ラバーで補強しています。衝突したら、衝撃を硬質ラバーで吸収しつつ、チタン合金のラム戦法で裂くという要領です。これまで、クジラを真っ二つにしたこともあります。丸太を引っかけたことが二度。それ以上のものは無いですが、確かに、この手の高速運航船の泣き所です」

「ええ、海中二〇〇メートルも潜れば、心配するのは、クジラぐらいのものですからね。そのメリットを考えて、潜水艦形式を採用しました。ではどうやって高速を出すか？　基本的には、これもシーデビルと同じで、ウォータージェットです。そのための、専用の原子炉が一基搭載されています」

「しかしそれだと――」

「ええ、ええ。どんなに優れた装置を使っても、水中で出せるスピードは限られています。われわれが原子炉を二基搭載したのは、別の目的のためです」

「バブル・スライダー⁉ ……」

野村が漏らした。

「ええ。そう呼ぶ人もいますね」

「そんなバカな⁉ あれはＳＦの世界の話だ。ロシアが魚雷で実現したという話はあるが……」

「次の画像を――。船体を、薄い空気の膜で覆います。ご承知のように、海中を高速で進む時の最大の問題は、第一にスクリューの失速と、第二に水の粘性の問題です。これを解決するために、ウォータージェット推進にし、粘性の問題を解決するために、空気膜を使うことを思いつきました。最初は、ポリマーで覆うことも考えたのですが、これだとポリマーの容量限度の問題が生じます。船体全体を、非常に微細な空気膜で覆うことによって、シーデーモンは、高速航行時、船体の九五パーセントを、一切水に接触することなく航行します」

「それが可能だとしても、莫大なキャビテーション・ノイズが発生する。ほんの数枚のスクリューが発するキャビテーション・ノイズですら頭痛の種なのに」

「それはですね、どうやって解決するかと言いますと、キャブノイズが発生するメカニズムに解決策があります。キャビテーション・ノイズ自体は、気泡そのものが原因ではありません。スクリューの高速回転によって生み出される気泡が、水圧で押し潰される時の音がキャブノイズの正体です。シーデーモンは、その気泡が潰れる前に、次の気泡が出て、潰れようとする気泡を外側から包み込んでしまうのです。だから、フネ自体が発する音も、キャブノイズ自体も、かなり緩和されます。ゼロとは言いませんが。これで、どんなにスピードを上げても、ロス級が一〇ノット程度で走っている雑音しか出しません」

「信じられないな。でも、そんなスピードでどうやってソナーを機能させるんです？　気泡のせいで、外の音を拾うのも困難なはずです」

「最後の画像を――。曳航ソナーです。何処へ付けるか？　どうやって付けるかで悩みました。最初は従来艦のように、船体上部に、収納カバーを設ける方法を考えたのですが、ウォータージェットの排出口が、スクリューを囲むように船尾にリング状に設けられているため、巻き込まれる恐れが出てきて、結局、スクリューの主軸に穴を開けることにしました。これでだいぶスクリューの軸構造が複雑になり、パワー自体は落ちますが、何しろスクリュー推進にはさして期待していないので、これ自体は問題ありません。これが、このペンダラム・ソナーの概念図です。フネを乗っ取ったマーカス・マクノートン元少佐が考案しました」

潜水艦のイラストの中で、二本のソナーが、スクリュー軸から出たり入ったりを繰り返していた。しかもそれらは、いったん艦尾から放出されると、左右に尻尾を振るみたいに、曲がりながら延びて行く。

「振り子ソナーとは、良く名付けたな……」

「ええ。このペンダラム・ソナーが作動しているのは、振り子が繰り出されて行く時に限ります。この時のソナーの対地速度は、ほぼゼロに近いです。時速一〇〇キロで本体は疾走しているにもかかわらず、ソナー自体は、ケーブルが繰り出されることによって、ほぼ海中に静止しています。左右同時、または交互に繰り出すことによって、高速航行時も、良好なソナーデータを得ることが出来ます。回収時は、ピンと張るので、側面の音は拾えても、前方や後方の音は拾えません。マーカスは……、いえ少佐はその辺りがまだ改善の余地があると言ってました。フルタイムで機能しないと、ソナーとは言えないというのが彼の主義でしたから。しかし、このシステムの導入により、これまでの潜水艦のように、一定時間全力疾走したらスピードを落として全周警戒措置を取るという必要は無くなりました。成功すれば、たぶんこれからの主流になるでしょう」

「もう一度最初のスケルトン・モデルを見せてくれないか？」

艦長が、腕組みしながら言った。どうも解せない感じだった。

「この……、司令塔というか、艦橋構造物は何だね？　そもそも必要なのかな」

「きちんとしたブリッジです。出入りは、司令塔から。このシーデーモンは、潜水艦として高速移動し、イージス艦としてエリアの防空任務を果たすためのものです。そのために、このブリッジには、四面のフェイズド・アレイ・レーダーが張り付けてあります。防空ミサイルは、全て水中VLSを利用しての垂直発射になりますが。艦橋構造物のデザイン自体は、カムフラージュも考えました。このへんはシーデビルを真似させて貰いました。ミサイルを探知したら、迎撃しても良いし、潜ることも可能です」

「このブリッジ構造も、水圧に耐えられるのかね？」

「本来は、フェイズド・アレイ・レーダーを守るために取られた方式ですが、ブリッジを純水で満たし、ある程度外圧と同調させることが出来るようになっています。ですから、潜航中は、ブリッジへの出入りは出来ません。注水せずに潜れる深度は、ほんの四、五〇メートルでしょう」

「あの……、よろしいかしら？」

　桜沢副長が右手を挙げた。

「素朴な疑問なのですが、たとえば太平洋を深度二〇〇メートルで、六〇ノットで飛ばしているとしますよね。もし潜舵が狂ったり、操縦士がちょっと操舵輪を押し込んだら、ほんの数秒で圧壊深度まで落ち込むんじゃありませんか？」

「ああ、少佐！　凄いわ。潜水艦に乗ってらしたことがあるの？」

ブレット中佐は感嘆した顔で尋ねた。少しは頼りがいのある連中に巡り合えたという顔だった。

「あいにくと、わが軍はまだ潜水艦に女性を乗せるまでは行ってませんでして」

「とてもいい質問です。言うまでもなく、この計画の最大の問題点は、推進システムよりも、むしろその危険をどう克服するかでした。時速六〇ノットということは、一秒間に三〇メートルは進むということです。このシーデーモンの安全潜航深度は、そんなに深くありません。せいぜい四〇〇メートルです。六〇〇メートルまで降りたら、圧壊の恐れがあります。舵がほんの一瞬作動しただけで、トリムがほんのちょっと狂っただけで、せいぜい、一〇秒かそこいらで圧壊深度に落ち込みます。まず、潜舵の誤作動を防ぐため、高速運航時は、潜舵は収容されます。ウォータージェットだけで艦首を上下させます。それも、規定値があって、それ以上の圧力は出ない。何度以上の下げ角は取れないことになっています。そして、基本的には、常にアップトリムが掛けられていて、それをウォータージェットで抑えています。つまり、推進力が無くなれば、自然と浮上するようになっているんです。潜水艦というのは、とにかく、絶対沈まないという構造をまず造ってから、ベント操作一つで沈むフネを造らねばならしか対応できないわね」

ないというジレンマがありますが、ここでは潜水艦の安全技術を高めるという方法で
「所で、これは潜水艦なんですか？　そちらには、いろいろと議論もあるようですけれど」

「それが難しい所です。構造としては、まったく潜水艦と言っていいでしょう。しかし、運用法としては、イージス艦であり、武器庫艦です。日本では、戦艦が空を飛ぶアニメがあるらしいけれど、恐らく来世紀は、水上艦、潜水艦という分け方自体が意味を失うかも知れないわね。潜りもする水上艦、浮上しても戦える潜水艦。はたまた、水面効果艇を大型化した駆逐艦。とりあえず、浮上しても立派に水上艦としての役目を果たせる潜水艦が出来たということかしら。この次は、ヘリを搭載するもっと大型のシーデーモンが出来るはずよ。それが現状での不満点ですから。海軍に論争があることは事実で、現実問題としてわれわれは劣勢です。そりゃあもう、大戦当時の戦艦主戦論のようなもので、水上艦じゃなきゃ駄目だという連中はいますから」

「それで、肝心なことなんだが、これを撃沈する方法はあるのかね？」

「現状ではありません。こちらの〝コロンビア〟が接触して攻撃を仕掛けた時の報告書を持参しました。われわれが参考にできるのは、ただそれだけです」

「厳しいな……」

「ええ、状況は厳しいです。しかし、答えを見つけないと拙いことになります。米韓関係の悪化は、いずれ日本にも波及しますから」

「そうなんだよな……。さてと、ご苦労様でした中佐。出港は陽が落ちてからになります。それまで、ゆっくりして下さい」

「しばらく眠らせて貰って良いかしら？　時差ボケが今頃出てきて……」

「ええ、貴賓室をお遣い下さい。副長、ご案内を」

桜沢副長が、ブレット中佐を連れて出ていくと、皆、出るのはため息ばかりだった。

「バブル・スライダーなんて、夢の話だと思っていたのに……」

野村二尉が呻《うめ》いた。

「可能なんですか？」

「理論上は、ほぼ無限のスピードを出せます。何しろ、空を飛んでいるのと一緒ですから。ただそれをやるには、通常動力ではもちろん不可能です。仮の話ですが、船体そのものを原子炉にして、海水を一次冷却水として使えば、そんな無茶も出来るという冗談があるほどです。海水は、炉心に触れた途端水蒸気爆発を起こして、とにもかくにも、原子炉に直接水が接することを防げますからね。誰もやったことはないし、そもそも実際にやっても、その爆発の圧力に炉心が持たないから、話の論理自体、まったく現実離れしていますけれど。パイプ回りの構造は、核融合炉の比じゃない。たぶん、二次冷却水のパイプに、バブル発生用のパイプを這わせて、船体自体を、数百気圧の空気の泡が駆け巡っているはずです。もしバブルで覆っていなかったら、相当な騒音ですよ」

「海水温では発見できませんか？」

　脇村が言った。

「原子炉を二基も搭載して、しかも高温のエアを噴出しているのであれば、普通の原潜より、排出する泡が大きいはずです」

「水中二〇〇メートルで熱せられた海水が水面に顔を出すまで、何時間掛かると思う？　それで、シーデーモンが通った道が解ったからといって、その頃にはもう二〇〇〇キロは離れている。無意味だよ。だが、やり方はありそうな気がするな。巡航時じゃなく、それ以外の行動の前後の瞬間を狙えばいいんだ。いくらあんなソナーを搭載しているからと言って、ずっと疾走できるわけじゃない。地下部隊とも連携しなきゃならないし。隙はあるはずだ。そいつを、あの中佐と探すことにしよう」

「じゃあ、みんな作業に帰ってくれ。出港まで九時間を切った」

「われわれは、そのシーデーモンの音を聴かせて貰うとしよう」

　野村二尉は、ＤＡＴテープを翳《かざ》しながら、脇村の腰を押した。

「何処がいい？　ここでいいのか？」

「コマンチのキャビンへ行きましょう。今はあそこのシステムが一番まともです。静かですし」

脇村は、野村が持参したDATデッキを持って、格納庫へと彼を案内した。

飛行甲板の後尾では、VLSコンテナの作業がまだ続いていた。薄暗い格納庫で、二人は、ヘッドホンをかぶり、「とんでもないな……」と漏らしながら、敵艦のノイズに聞き入った。

ハワイの対潜センターにある、世界で最も優れたシステムを使って抽出したクリア・サウンドで、まず、雑音の低さに二人は驚き、さらに、潜水艦のノイズの小ささに驚かされた。

まるで、風が渡る高原に佇《たたず》み、一〇〇メートル先で虫が草を噛む音を拾えというような無茶な話だと脇村は思った。


シリコンバレーは、夕方を迎えた頃だった。

ファナブル提督は、安楽椅子に座り、しばらくうつらうつらしていた。

GMHI社へ入ってから、彼の手足として働いているマクシミリアン・ソンダース曹長が持って来た、コーヒーの香りで目覚めた。

「何時だ？」

「二時です、ズールー・タイムで」

「ギャップフィラー衛星のデータを見せてくれ」

提督は、マグカップを貰って机に戻り、パソコンの画面を覗き込んだ。

ＮＴＤＳのデータで、極東付近を参照すると、北東へ単縦陣で向かう八隻のフネが艦名ごと映し出された。

「速いな……。この八八艦隊。アーネストから連絡は？」

「いえ、まだです」

「コースを変えさせた方がいいかも知れない」

「まさか。連中の対潜技術が一流だからと言って、シーデーモンを攻撃できるわけじゃありません」

「ああ、だが、余計なことで連中の神経を使わせたくはない。この布陣が罠である可能性もなきにしもあらずだが……」

「バーバーズ・ポイントの部隊は、大挙して三沢へ移動を始めました」

「なあに。無駄な努力さ。連中は今、あのエリアの海水データを持っていない。何も出来んよ。せいぜい発音弾を落としてプレッシャーを掛けるぐらいのものだ。ジョージのニュースは届いていないか？」

「会長でしたら、ロスのＦＢＩ支局へ入ったままです。あそこの方が、優秀な取調官がいるという話ですが」

「警備が万全だからさ。連中は、私がオーナー奪還作戦も練ってると思いこんでいるふしがある。ま、それはそれでいいがな」

突然、ビルの真正面に、年代物のマスタングが、砂埃を上げながら滑り込んできた。姿が見える前、一〇〇メートル手前の交差点を回る不快なブレーキ音で、誰の車だかすぐ解った。

「あの調子じゃ、その内シリコンバレー中の乗用車を壊す羽目になるぞ」

忙《せわ》しない足音が響き、ドアを開け、「ソンダース！」と叫ぶ。

「ソンダース！　曹長！　警備がなってないじゃないの。入り口に誰か置いておきなさい」

「その必要があれば、そうするよ」

　ファナブル提督が答えた。

「曹長、冷たいコーラをお願い。でも氷は要らないわよ」

女は、強い口調で言った。これが女でなければ、今頃、その性格を正すよう叱りとばしている所だが……、と提督は思った。

「ウェンディ、もう少し、落ち着いた運転をしてくれないか？　つまらん事故を起こしていらん注意を引きたくないのだ」

「心配ご無用。誰も私のマスタングに近寄ろうなんて無茶はしませんから」

　ウェンディ・テイラーは、彼女のトレードマークのカウボーイハットを帽子掛けに放り、盗聴を防止するためのカントリー・ミュージックのラジオを点けた。

「まったく異様な町よね……。ネクタイ締めたサラリーマンが、ウォークマン聴きながら、ローラーボードで走っているのよ。しかも、左手に抱えたPIMマシーンとかいうオモチャの画面を操作しながら」

「ここはそういう町だ。だからわれわれも埋没できる。ここに暗躍するのは産業スパイだけだからな。大量の衛星通信を行っても不思議に思われないし。これ以上好都合な場所はない。何か収穫かね？」

「貴方は、どうして私を指名したの？」

　テイラーは、意味ありげな笑顔で尋ねた。

「さあ？　どういう意味だ？　私が君を指名したなんて」

「GMHI社ぐらいの大企業なら、当然自前のスパイ組織も持っているし、もっとまともな探偵屋も雇えたじゃない？」

「君は、FBI捜査官だった。韓国系で、立派なエリートだ。それだけじゃ不満かね？」

「そうじゃないでしょう。貴方が私を指名したのは、この事件の周辺部に、私の従兄《いと》弟《こ》たちが関わっていたからよ」

「そうなのかい？」

「またとぼけて！」

ソンダース曹長が、ストロー入りのコーラを持ってきた。

「いいこと。ドアの外に立って見張っていなさい！」

女は、ほんの五秒と経ずにコーラを飲み干した。

「あれは一族の恥よ。私は会ったことないから知らないけど、父親からいつも聴かされていたわ。うちの家族は皆、とんでもない奴らばかりだって」

「君には、その面影はないね」

「私はクォーターだし、どちらかというとアイルランド人の母の血を引きましたから。どっちにしろ、アイルランドも韓国も家族意識の強い民族よ。移民が大陸で成功するには、それしかないですからね。貴方は知っていたんでしょう？　この事件の周辺に、韓国系マフィアがうろついていることを」

「聞かされてはいた。韓国系マフィアに強い賞金稼ぎということで、君を指名もした。その連中と君が知り合いだったなんてことは――」

「知り合いじゃありません！　一度も会ったことなんか無いわよ。いずれ警察から追われる羽目になったら、あたしがバウンティ・ハンターとしてとっ捕まえてやろうとは思っていたけど」

「解ったよ。それで一歩近づいたわけだ。生きているんだろうね？」

「葬式の案内はまだ来ないわ。でも当てはないわよ」

「君なら探せる」

「賞金の額を上げてもらわなくちゃね。それにあたしには、ＭＳＩ社と取引する手もあるということを覚えておいて頂戴、提督」

「それは止めた方がいいぞウェンディ。テックスという男は容赦ない。どこかのハーバーに君の死体が浮かぶ羽目になる」

　提督のその眼は笑っていなかった。いずれにせよ、これで一歩前進だ。あのテックスが、関係者を生かしておいたというのが信じられなかったが……。

第六章　ソナー

ファナブル提督は、問題はマックの海軍時代の友人で、半年前ノーフォーク湾に浮かんだカレル・ハルストと売人たちの関係だと思っていた。

「カレル・ハルストを洗ったんだな？」

「そう。簡単には行かなかったわ。それに貴方は、私を雇う前に、二人もの探偵が消されたことを警告しなかった」

ウェンディ・テイラーは、両手を腰にあてがい、あきれ返った顔で言った。

「私は、テックス大佐が敵だと警告したじゃないか？　それで十分だろう？」

「あいつが敵だというのと、あいつがこの一件でもう二人もあんたのスパイを殺したと言うのとは大違いよ」

「君なら大丈夫だ。むしろ私は、君がテックスを殺しはしないかと心配したぐらいだ」

「ふざけたことを……」

「で、何が解ったんだね？」

「ハルストと売人の関係よ。テックスは、仲介のハルストも売人たちも生かしておくつもりはなかったのよ。でもね、彼も間違いを犯した。ハルストは、密売人と仲良くなる内、麻薬が商売になることに気づいたのよ。で、マクリーンを金蔓《かねづる》に、組織に取り入ろうとした。それで、彼は密売人に、もっと上の人間を紹介するよう迫ったというわけね。で、密売人に紹介されたのが、私の遠縁に当たる韓国系マフィア。まだ生きているわ。たぶんね」

「どうしてたぶんなんだ？」

「ハルストがノーフォーク湾に浮かんだ直後に、雲隠れしたわ。次は自分だと思ってね。きっと、ハルストはべらべらそいつに喋ったのよ」

「それはアウトラインだけなら知っている。テックスは一時期、韓国系のマフィアを捜し回っていたようだからな。ただ、われわれは名前だけは掴めなかった。彼と安全に接触する必要がある。できれば、確保したい」

「高く付くわよ。それに、冗談でなくここのガードを固めなさい。貴方はテックスの本当の怖さを知らない。私はＦＢＩにいて、何度も彼の名前が出てくる事件を扱ったわ。敵に回したくない男よ。クールで、月の裏側まで見通せる男なんだから」

「確かにな。われわれが最新鋭のポスト・イージスを盗み、奪還チームを派遣し、世界中を敵に回してやることを、奴ならたった一人で、一晩で片づけるだろう。君の警告に従うことにするよ。そっちは安全なのかね？」

「ボディガードを雇ったわ。弾除《たまよ》けぐらいには使える連中をね」

「いつ頃、その親戚は見つかるんだい？」

「もう目処は付けてあるわ。長くても二、三日ね。向こうがこちらの取引に応じるかどうかは解らないけれど」

「私が直接出向いて話をすると伝えろ」

ウェンディは、憤然とした顔で部屋を出ると、マスタングのマフラーを吹かして去っていった。

「警備の件、どうしますか？」

「君はどう思う？」

「テックス大佐は油断のならない男です。必要を感じますが」

ファナブル提督は、ブラインドの隙間からパームツリーの通りを見た。すでに太陽は没していたが、赤茶けたラインが、向かいのビルの屋根を縁取っていた。

「任せるよ。ただし、目立たぬ程度にな」

せめて明日いっぱい、余裕があればと、彼は思った。

その先に待つのが何かは、あまり考えたく無かった。


シーデビルの脇村二曹と野村二尉は、昼飯を掻き込むと、ダイソン中佐の紹介を経て、ＴＦ74潜水艦運用任務部隊のデータ処理ルームを訪れた。

　ガブリエル・グラース少佐とは五年来の知己《ちき》である野村だが、この部屋を訪れる機会を得たのは初めてだった。

「売ったんですか？　あれ」

「そう。売った。いくらだと思う？」

「七〇ドルぐらいじゃないですか？」

　グラース少佐は二本指を立てた。

「二〇〇ドル⁉　そりゃ暴利だ。あれはほんの半年寝かせただけの雑木ですよ」

「ああ、最初はしめしめと思ったんだがね、さすがに後で反省したよ。その金で一緒に飲みに行ってチャラにした」

　二人は、趣味を通しては師弟関係だった。

「それで、少佐。こいつをどう思います？」

「うん。やっかいの一言だよ。だが、まったく音がしないわけじゃない。そのバブル・スライダーのシステムが良く解らないんだが、運転移行時には、たぶん相当なキャブノイズが発生するはずだ。それを狙えば、探知できる可能性はある。それに、通常運転時は、ただの潜水艦だ。静かだが、キャブノイズはあるし、当然ＭＡＤにも引っかかる」

「何か、これという弱点は無いですか？」

「こいつをみてくれ」

少佐は、プロッタを起こしてチョークでイラストを描き始めた。ペンダラム・ソナーの概念図だった。

「このソナーの唯一の弱点は、一見静止状態に見えるソナーが、実は常時伸縮しているということだ。艦尾後方、左舷側のソナーが展開していくイメージを考えてみよう。ソナーは、スクリュー主軸から繰り出されると、チューブ先端のラダーを使い、少しずつ左舷方向へ首を振り始める。最大展開角度は、バレット中佐の話では、三五度だそうだ。力学的に考えても、その辺りが限界だろう。しかも、その三五度を維持できるのは、ほんの一瞬だ。ここ……、ここがピークで、ここまで二〇〇〇メートル引っ張り出したら、すぐ回収へと移らなきゃならない。構造的に言うと、実は三五度に達する前に、すでに巻き戻しは始まっているそうだがね。そうしないと、六〇ノットなんていうスピード下でケーブルを一気に引っ張れるものじゃない。引っ張りのパワーが生じた途端、スクリュー軸が折れかねないからな」

「つまり、実はシーデーモンは、前方に死角があるんですね」

「そう見ていいだろう。ただし、この三五度に相対する九〇度じゃない。アレイ・ソナーの構造、また、水中音響の伝搬の特性から考えて、死角は極めて狭いはずだ。恐らく、上を見ても二〇度ぐらいじゃないかと思う。真正面の二〇度だ。それほど問題になる死角じゃない。艦首ソナーは、聞き取りにくいとは言え存在するし、二〇度程度のぶれであれば、時々艦首を左右に振ればいい。第一、敵魚雷の打つピンガー音は、前方三五度も可聴範囲があれば十分モニターできる。彼はたぶん、プログラム的な工夫で、本来聞こえないはずのブラインドゾーンの音を合成するシステムを作ったはずだ」

「二年前、マーカス・マクノートンの名前で書かれた論文に、フラクタル・モデルを利用した不可聴域音声合成シミュレーションの可能性に関して――。という論文がありました。読んだ記憶があります」

脇村が言った。

「ああ、そうそうそれだ。俺も読んだよ。内容はさっぱり分からなかったが」

野村がばつに悪そうに言った。

「フラクタルの応用ですよ。音の波をフラクタル理論に当てはめて、欠けた部分を再現していくんです。それで、元の音を構築する。たとえば……」

脇村は、部屋を見渡し、食べ残しのショートケーキの上に、これも嚙り掛けの苺があるのに気づいて、それを手に取った。

「ほら、下だけ削ってあるでしょう？　こういうのは比較的簡単なんです。輪郭のデータを拾って、元の苺の形と色彩を、コンピュータ・グラフィックスで再現できます。

こういう自然物の再構成には強いんです。逆に吸いかけのタバコの原形を再現できるかというと、こちらは難しいですけれど、フラクタル理論は、いずれ水中音響学に革命をもたらしますよ」

「どうして、お前さんそんなこと知ってるの？」

野村が眼を白黒させた。

「二ヶ月も地球の反対側で航海した日にゃ、やることないですから。本を読むか、インターネットで暇潰すしかない。ご存じ無いんですか？　ソナーや映像に限らず、フラクタルは科学を変えるんですよ」

「敵より先に見つけて、さて、攻撃する手段があればいいがね」

グラース少佐が言った。

「勝負はやはり、日本海に入ってからでしょう。原潜を攻撃するなんてぞっとしますがね」

「同感だ。遺族の感情もあるし、マック・マクリーンが犯した事件を許す気にはなれないが、そっとしておけばいい。永久に逃げられるわけじゃないんだから。まあ、海軍の面子《メンツ》ってのがあるからな」

野村は、もし撃沈できたら、新しい鉢をプレゼントすることを約束して、ＴＦ74司令部を辞した。

果たして、この程度の情報をして収穫と判断していいのかどうか首を傾げる所だった。

韓国法務省のキョンチョル・キムは、「別件を先に処理しましょう」と口を開いた。

彼が、「海軍の問題に関してね」と言うと、メリー・リン参事官は露骨に眉を顰《ひそ》めた。

「キムさん。私が処理するのは法務と政治問題であって、軍事問題は在韓米軍司令部へご相談下さい」

「向こうは聞く耳をもたんそうです。それに、軍部の立場もある。軍としては、外交ルートで被ってくれということです。私もあまりいい気分はしない」

「何がでしょう？」

「聞いてらっしゃらないんですか？」

キム審議官は、アメリカ大使館のオーバル・テーブルで、リン参事官を睨み付けた。口を出す立場にないリー・デビッド・デウ弁護士も、イルナム・リー中佐も、共に不快な顔をしていた。リンを非難する視線だった。

「ちょっと待って下さい。ひょっとして対潜活動を日本に委ねた件ですか？」

「そうです。あなた方は独島周辺の対潜活動まで日本に委ねたそうじゃありませんか？」

「そんな話は聞いていません。私が聞いたのは、その、係争地域を含めて、日本が対潜活動を行うことで韓国側の了解を得るというものです」

「ナンセンス！　馬鹿げている。大使、お断りです。われわれはどんな事態に陥っても、よりによって日本の助けなんか求めません。しかも、独島周辺で日本に対潜活動させるなど、論外だ」

「万一、敵が日本の対潜部隊を振り切って韓国領海内へ入るような事態になったら――」

「われわれも海軍ぐらい持っています。Ｐ－３Ｃだっている！」

「だから、キム審議官、そうかっかしないで下さい。これは純粋に軍事的観点から判断してのことなのです」

「そうは思えませんな。シーデーモンはまだ太平洋だというのに、どうしてそんな世迷《よま》いごとを仰るのか。いいですか。はっきりしておきます。もし日本の艦艇や航空機が、独島の領海領空を侵犯するようなら、われわれは防衛行動を取りますよ」

「わが軍は、韓国政府が日本の全面的協力を受け入れないと、シーデーモンの捕獲もしくは撃沈は不可能だと判断しています。もしマック・マクリーンが韓国から脱出するようなことになったら、責任を問われるのはわれわれです。軍部の面子にこだわって大量殺人者を逃したと攻撃されるのは貴方がたですよ」

「いや、日本に協力を仰ぐことによる国民の非難の方がずっと激しい。貴方は解っていない！」

「ミスター・デウ……。意見は？」

リンは、アメリカ人としての思考も出来るデウ弁護士に助けを求めたが、答えは冷たかった。

「駄目でしょう」

デウ弁護士はきっぱりと言った。

「日本の艦艇及び航空機は、韓国の防衛識別圏内に近づかないよう警告した方がいい」

「貴方までそんなこと……」

「何処の民族にも、譲れない一線というのはありますよ。だいたい貴方は、シーデーモンが六〇ノットものスピードを出せるなんて教えてくれなかった」

「私だって知らされていません。公式には、今だって海軍はこちらの照会に返事を遣さないんですから。私は軍人だったことは一度もないんです。そんなこと、考えつくはずもないじゃないですか……。まあいいでしょう。そのように私が在韓米軍司令部と国防総省へは伝えます。しかし、彼らがそれに従うわけじゃないですから。その点、了解して下さい」

「まあ、いいですよ。日本の軍艦がうっかり侵入して来て、こちらが誤射する分に関してはね、国民はすかっとする」

「ここだけにして下さいね、審議官。日韓の下らない反目が、極東アジア繁栄の足を引っ張ってきたという歴史を認識して欲しいわ。この件はこれでおしまいにしましょう。中佐、何かいいニュースは？」

「え、ええ……」

政治的な問題には首を突っ込むまいと思っていたイルナム・リー中佐が、突然指名されて、レポート用紙をめくり始めた。

「その……、ＧＭＨＩ社の動きに関してです。最近のものではないんですが、奇妙な動きをしていたことが解っています。三週間ほど前のことですが、ＧＭＨＩ社の韓国支社が、裏社会のボスと、何度か接触を持っています。韓国人副支社長を問いつめた所、今頃になって、マック・マクリーンの韓国での裏交友リストを洗い出せという命令だったようです」

「どういうこと？」

「アメリカで、マック・マクリーンは、ＭＳＩ社にはめられたという話が流れているじゃないですか。その線を洗ったのではないかと」

「デマだよ、そんなの」

デウが、その手の話にはうんざりだという顔で言った。

「事件直後からその話はあったし、私なりに調べても見たが、証拠は出なかった。まあ、怪しい部分がまったく無いわけじゃ無かったがね。マックと覚醒剤のやり取りをしたことのある人間が何名か行方不明になったり、コンクリ詰めされたりはしたが、裏社会じゃ珍しいことじゃない。マックにも聞いたことがあったが、彼は一笑に付したよ」

「それが、アメリカへ進出している韓国系マフィアでは、随分と信憑性を持って語られていまして、ＭＳＩ社が韓国系マフィアと契約して、誰かを陥れたと……」

「作り話だろう。その手の話はいつだって出てくる。真剣に取り上げる価値はない。それに、今、それがマックを捜すことに優先する問題なのかね？」

「いえ。ただ、彼に関することなら、全て調べるべきだと思いまして。釜山だけでなく、海岸の高級住宅街のローラー作戦を展開中です。軍の飛行船と、広告会社の飛行船二機が、今日夕方から飛びます。釜山、統営、浦項の三拠点に関しては、ほぼ完璧な警備態勢が構築されつつあります。港を出る船舶全てへの立ち入り検査を実施しています。プレジャーボートに至るまでね。関釜フェリーに至っては、調べるのがたいへんで二時間遅れですよ。海岸線道路の検問もありますから移動も難しい。われわれは、彼らを釜山に封じ込めたと考えています」

「テレビでの警告を変えた方がいいわね。脱出を諦めて出てこいと」

「彼らは急がないかも知れない。北の武装スパイみたいに、自分で食料を調達する必要は無い。誰かが運んで来てくれるとなれば、一ヶ月でも二ヶ月でも平気だろう。そんなに長い間、警備態勢を維持することは出来ない」

「じゃあ、シーデーモンは何なのよ？」

「囮《おとり》の可能性はあるかも知れない」

「じゃあどうしようも無いわ」

「それでも、マックの理性に賭ける価値はあるよ。彼がこのまま逃亡するとは思えない。たぶん、娘との再会を果たしたら自首するだろう」

「その保証は何処にある？」

キム審議官が、デウに食ってかかった。

「馬鹿馬鹿しい。奴に焼き殺された子供の親は、もう自分の子供たちを抱きしめることなんか出来ないんだぞ。永久に」

「そりゃ解っているが……。ここがアメリカの法廷だったら、裁判は別の方向に行っていた」

「どんなふうに？」

「あのビルは五階建てで、ろくな防火設備も無く、非常階段には鍵が掛けられていた。消防はもたつき、たかが四階の火も消せなかった。法廷がカリフォルニア州内なら、私は罪を全部、空の消火器しか置いてなかったバーの経営者、適切な設備管理を怠ったビルの持ち主、適切な避難誘導を怠った塾の経営者、まともな消火態勢を取れなかった自治体におっ被せて無罪を勝ち取っているよ」

「じゃあ、そうすれば良かったたじゃないか？」

「ここは韓国だ。儒教社会の責任の取り方ぐらい知っている。彼には気の毒だった。私は今でもそう思っているよ」

「結構なことだ。遺族の前でそう言ってやれ」

「あの……、よろしいですか？」

リー中佐が、険悪なムードをなんとかしようと口を挟んだ。

「もし、まだデウ先生が、ハックマン弁護士と連絡が付くようなら、その、韓国のマフィアの問題で探りを入れて頂きたいんですが。こちらがいくらかの情報を持っていることが解れば、向こうも少しは情報を出すような気がするんですが。それに、さっきの話で思い出したんですが、確かハックマン弁護士は、そう長い時間掛からずに片づくと仰ったんですよね。この言葉は信じていいような気がするんですが」

「何もしないよりましね。ＦＢＩはハックマンを泳がせるつもりらしいから、コンタクトを取ってみる価値はあるでしょう。お願いできるかしら、デウさん」

「いいでしょう。その程度のことなら、何度でもやります。ハックマンが喋るかどうかはともかくね」

「所で、そのシーデーモンが韓国領海内に近づくまでどのくらいの余裕があるんでしょう?」

中佐がリン参事官に尋ねた。

「最短で明後日の明け方という所じゃないかしら? 私がハック・チャンネルで海軍の友人に聞いたところでは、そういう話だったわ」

「太平洋を一週間で渡りきる⁉ にわかには信じられないな」

「アメリカの技術は、未だ世界の最先端にあるということさ」

デウが、当然のことと言ってのけた。

「まあ、そういうことね」

その瞬間だけ、リン参事官は、誇らしげな顔をした。まったく、誇るべき技術が、軍事技術だけというのは情けない話だったが。

マック・M・マクリーンⅢ世は、相変わらずベッドを椅子代わりに使っていた。

元FBI捜査官のバリー・ハーディンは、机にレポート用紙を堆く積み上げていた。

一時間の事情聴取で、ノートが一冊潰れて行った。

マクリーンは、事情聴取の間に、手形と、フェイスマスクを取られた。シリコンの型を取り、それでマスクを作るとの説明だった。

「ケンウッド大佐は、この頃姿を見せないようだね。朝夕の食事に付き合うだけだ」

「ええ、さすがに警備が厳しくなったようでして、何処を突破するのが一番簡単か検討してらっしゃるみたいです」

「誰かを、傷つけるようなことが無いといいが……」

「当面は心配ないでしょう。軍がいきなり発砲しながら押し入ってくるなら別ですが。所で、この八月の一件ですけれど」

「八月というと……」

「貴方がヘロインに飽きて、スピード、クラックの入手に走った頃のことです」

「ああ、あれは最悪の時期だったよ」

「カレル・ハルストから、新たな友人を紹介されましたね？」

「そうだったかも知れない。どうも、時間軸の記憶が良くないらしいんだ」

「中毒症状の一種です」

「名前はええと……、リチャードとか言ってたな。中国系という話だった」

「彼から直接買ったんですか？」

「ああ、買ったというか、最初はプレゼントだったと思うよ。こういうのはどうかって」

「彼の名前ですが、本名だと思いますか？」

「それは解らない」

「顔は？　覚えていますか？」

「口髭を生やしていた。たぶん、ゴルフ焼けだと思うが、だいぶ色が黒かったな」

「まるで靴墨を塗ったみたいに……」

「ああ、そんな感じがしないでも無かった。でも会ったのは夜で、しかも、ホテルのラウンジ・バーだった。どこのホテルだったか思い出せないが……」

ハーディンは、ＩＢＭのシンクパッド・パソコンを操作し、幾人かの顔写真をピックアップし、それらに全て口髭を付けた。

「一〇人ほど選びました。この中にいますか？」

パソコンの画面をマックに示して、ページを捲《めく》る。

「ええーと、こんな感じかな。彼、似ているような気がするが、もっと色が濃かった」

「そりゃ凄い……」

ハーディンは、マックが選んだ写真を見ながら失笑を漏らした。

「何かおかしいんだね？」

「この男の名は、マックス・キム。韓国系アメリカ人です。化粧が好きな男でしてね、時々厚化粧で現れては、友人を驚かせて楽しむ男です。別にゲイとかじゃないんですよ。ただ、一度その化粧でまんまと市警察を出し抜いたことがありまして、それ以来、趣味と実益を兼ねて変装するようになったんです。この口髭は偽です」

ハーディンは、口髭を外し、顔の皮膚の色を元に戻した。

「どちらかというと色白です」

「うん。どことなく、似ていると言えば似ているような……」

「もう一度聞きますが、彼から直接手渡しで薬物を受け取ったんですね？」

「そう。この人物が、もし私が会ったその人物と同一人物だったとしたらね」

「ほんとだったら凄い！」

「どうして？」

「言ってみれば、アル・カポネが、自分でヤクを売って歩くようなことです。彼のような大物になると、そんなことは普通しませんよ。手下、それも名前も顔も知らないような下っ端が表に出るだけです」

「なぜそんなことをしたんだね？」

「そうする必要があったからでしょう。彼は、ひょっとしたら貴方の会社に、密輸のための特製のフネを造らせたかったのかも知れない」

「会ったのは一度きりだ」

「そう。貴方は彼だけを頼らずに、インターネットを使って自力で買うようになりましたし、そもそも、その頃には、もう相当の精神的破綻を来していて、そんな冷静な話ができる状態では無かった。きっと、彼は後悔してますよ。変装していたとは言え、貴方と直接会ってしまったことを」

「……何かのパーティが開かれていたような……」

「ホテルでですか？」

「ああ、テレビ・カメラがいっぱい来ていて、それで、僕はまずいなと思ったんだ。だけど、誘惑に勝てなくて……」

「何処のホテルか調べてみましょう。何か解るかも知れない」

「シーデーモンの方はどうなっているんだね？　無事なのかね」

「さあ。私は聞いてません。そっちの方は駄目でしてね。ケンウッド大佐は何か仰ってらっしゃいませんでしたか？」

「何にも」

「じゃあ無事なんでしょう。魚雷より速く走る潜水艦をどうやって攻撃できるというんです。その程度のことは、私のような素人にも解る」

「世の中に完全なことなど無いよ。何しろ、未だに冷戦崩壊に無縁な一番厳しいエリアに突っ込んでくるんだから」

その点にだけは、ハーディンも同意して頷いた。こんなインモラルな作戦のために、乗組員の生命を危険に晒すＧＭＨＩという会社が信じられなかった。

もっとも、会社の浮沈が懸かっていると思えば無理からぬことだったが。

野村二尉は、ＬＡＭＰＳシステムのモニター画面が並ぶ部屋を一瞥してため息を漏らした。

床を、数百本のケーブルが這っていた。分析を受け持つメインフレームへのケーブル、電源ケーブル、アンテナからのケーブルと、雑多なケーブルがのたうっていた。

「こんなとこで三日も暮らせば電磁波で遺伝子を破壊されて種なしになるぞ」

「ここが使われるのは、長くてもほんの六時間ですよ。大湊を過ぎれば三群が出てくるし、対馬へ近づけば二群、四群が出てくる」

そう言う脇村は、すでにフライトスーツに着替えていた。

「もし敵が、竹島へ逃げ込んだら、このシーデビルで追うしか無いんだろう？」

「どうですかねぇ。だって、シーデビルはステルスでも、シーホークは違いますよ。コマンチだって韓国のレーダーに映る。彼らが、われわれの行動を許すとは思えないですけれどねぇ。向こうはＰ－３Ｃだって持っているんだし」

「そりゃそれでいいよ。俺は、必要なデータさえ貰えばいい。何も日本海で好きこのんで原子炉を二基も搭載する潜水艦を攻撃する必要なんか無いさ」

出港のラッパが艦内スピーカーから流れてくる。

ブリッジへ上がると、すでに辺りは暗くなっていた。

作業服に着替えたバレット中佐が、操舵コンソールの背後に立ち、レポート用紙に省力化コンソールのイラストを描いていた。

「……それで、これは舵と言っていいのかしら?」

「ええ。低速運航時は、両舷の舵の効きが弱いので、リバース・プレートと組み合わせる必要があります」

「リバース・プレート?」

「艦長、喋っていいんですか?」

操舵手の真田義巳《さなだよしみ》二曹が、スキップ・シートに座る艦長に、何処まで喋って良いか尋ねた。

「いいぞ。何でも喋れ。どうせこの概念なんざ、三〇年前に、米海軍の軍人がどこかに論文として書いているんだ。新発明なんてのはない」

「はい。リバース・プレートというのはですね……」

真田は、そのイラストを自分で描いて見せた。

「要するに、旅客機のスラスト・リバーサーと同じです。ジェット水流の噴出口に板を降ろして、それでその場旋回をやるんです」

「艦長、この海域は、太陽が落ちたと言っても、都市部の灯りで、海面は相当明るいんじゃありません？」

「ええ。ですから、このまま、水中翼船に偽装して脱出します。視覚的な偽装ですが。各科出港準備よろしいか？」

インターカムで、各セクションに報告を求める。水沢《みずさわ》一等保安士が船外モニター・カメラを回して、後部デッキの安全を確認する。

「後部デッキ異常なし、船尾ドック開放確認、後方クリアです」

「両舷リバース。出港！」

シーデビルがウォータージェットで逆進を掛け、ドックから滑り出てゆく。フネが動き始めると、真正面の工事建て屋から、作業に当たった隊員らがヘルメットを振って見送ってくれた。

「浦賀水道を出るまでは、三〇ノット速を維持します。あまり人々を驚かせたくないのでね。太平洋へ出たら、フルスピードで護衛艦隊を追います。野島崎沖で、館山を離陸した三機のシーホーク対潜ヘリを回収します」

「どのくらいで追いつけますか？」

「明日未明には合流しています。恐らく、七、八時間でしょう。海面も穏やかなようですし」

「ぎりぎりかしらね」

「ええ。ぎりぎりですね。シーデーモンが寄り道していなければ、ぎりぎり間に合うという距離です」

「もし、シーデーモンに置いてけぼりにされたら？」

「必死で追うしかないですね。実のところ、このシーデビルも最高スピードがどのくらい出るか正確な所は解らないんですよ。波の状態にもよりますから。もし、シーデーモンに先を越されるようなら、われわれは先に反転して、津軽海峡へ向かいます」

「成功することを祈りましょう。〝コロンビア〟が接触して以来、誰もまだシーデーモンを探し当てていないんですから」

シーデビルは、港を出ると向きを変え、徐々にスピードを上げながら、浦賀水道の南下コースへと乗った。

第一護衛隊群が待っていた。


シーデーモンは、日没前、ファナブル提督からＮＴＤＳのデータを貰うために、一度だけ浮上した。

浮上した時間は、僅かに二分。テレビを見る暇も無かった。

アーネスト艦長は、ＮＴＤＳのモニターにその情報を復元して、ヒュー！　と口笛を吹いた。

「いるんですか？」

見えないマーカスが尋ねる。

「ああ、真正面に第一護衛隊群。あの、いつも新しいオモチャを与えられる部隊だ。日本海には、三群。長崎沖には二群、対馬海峡には、四群が出ている」

「シーデビルは？」

「表示はないな」

「一群とはどのくらいで接触しますか？」

「このままだと七時間ぐらいかな。コースを変えてまくか？　われわれは予定よりだいぶ時間を稼いでいる」

「いえ、突っ切りましょう。あれが本当の敵です。それに、迂回しても沿岸のＳＯＳＵＳネットワークに引っかかる。まっすぐ突っ込んだ方が早めに津軽海峡を突破できます」

「おやおや、こんな所にアンノウンが……」

「どこです？」

「津軽海峡を出た辺りだ。ロシアの潜水艦のようだ」

「いいでしょう。何でもござれですよ。要は、津軽海峡をどうやって突っ切るかだけですから」

「潜ったまま突っ走れると思うかい?」

「どうですかね。もし攻撃が弱いようなら、スピードを落として潜水艦として走ればいいですが、六〇ノットで二〇〇メートルない深度を突っ走るのは自殺行為です。もし爆雷攻撃でも受けて、一瞬水圧に押されたら、たちまち海底に突っ込みますからね。もし防備が厚いようなら、むしろ浮上状態で、敵に圧迫を加えつつ突っ走った方が安全でしょう」

「それも考えておこう。いずれにせよ、その難所はまだ先の話だ」

艦長は、モニターの前を離れてスキップ・シートに戻った。

「よし、深度二〇〇へ。高速運航再開。あと六時間で、いよいよわれわれは最大の敵と遭遇する。戦争が始まると思え。諸君」

シーデーモンは、深度二〇〇で姿勢が安定すると、徐々に速度を上げ、六〇ノットの巡航スピードに戻した。

第一護衛隊群の先鋒が捉えるより先に、アリューシャン列島から太平洋へ延びたSOSUS——サウンド・サーベランス・システムの、巨大ソナー・アレイが、シーデーモンらしき音響物体を捕捉して警報を発した。

シーデビルは、NTDSにて、その情報を受け取った。

ブレット中佐は、ブリッジの後部窓から、館山の第二一航空群から派遣されたS

Ｈ－60シーホーク対潜ヘリコプターの着艦風景を見守っていた。

一機着陸するごとに、エレベータで格納庫へ降ろし、また一機と収容する。

「時間は大丈夫なんですか？　いざという時、いちいち収容していて」

「給油だけなら着艦する必要はありません。空中給油の要領で出来ますから。問題はソノブイの補給ですね。こればかりは着艦しないとうまくいかない。まあ、何とかやりますよ」

艦長は、カーテンを引いたチャート・デスクの中から答えた。ブリッジは、もう真っ暗で、着艦デッキの照明が少し差し込むだけだった。

「中佐、ＮＴＤＳの情報にシーデーモンの位置を表示するのは止めさせた方がいい」

「ええ。私もそう思っているんですけど、もしファナブル提督が何処かでＮＴＤＳの情報を拾っているようなら、国家安全保障局《NSA》がやりとりを逆探知できると言っているんですよ」

「予測より速い」

「Ｐ－３Ｃは出ているんですか？」

「ええ、三沢からはハワイから駆けつけた米海軍のが、八戸からはわれわれのが出ています。ただ、聴音データを拾えたのは一瞬のようですね。ダイソン中佐からは、信頼性に疑問ありとの情報が寄せられています。でも、一応われわれもスピードを上げますよ」

ブリッジへのラダーを、人間が早足で駆け上ってくる振動がした。

「静かに歩けよな……」

片瀬艦長は、口の中で呟いた。

「片瀬は何処だ⁉」

足音の主が、暗がりで怒鳴る。

「怒鳴るな。仕事中だ……」

艦長は、カーテンから出て、相手を出迎えた。

「館山第二一航空群次席幕僚の大淀憲吾《おおよどけんご》二佐以下、航空隊……。ああ、部隊は雑多だ。とにかく、その航空隊の乗員、交代要員を含めて合計一九名、乗艦許可を求める」

「了解。乗艦を歓迎する。少しは俺の顔も立ててろよ」

「そう邪険にするな。お前なんざ、毎日べっぴんさんの副長を乗せて世界中を豪華クルージングしてるんだぞ。桜沢は何処だ？」

「CICだ。今の言葉は気を付けろよ。セクハラだ。何なら代わってもいいんだぞ」

「せっかくだがお断りだね。俺は日曜日は家で過ごして娘をプールに連れて行ってやることにしているんだ」

「ああ、俺たちが家庭を犠牲にして世界の平和を守っているからこそ、そうやってお前さんの平和があるってもんだ。紹介しておく。シーデーモンを設計したバレット中佐だ。こちらは中佐、まあ、長いつきあいになりますが、アカデミーの同期です。口は悪いですが、腕は達者です」

「よろしくお願いします、中佐。ウイングマークを付けた方は頼もしいですわ。私は設計屋なもので、そういう人に憧れるんですの」

「舞い上がりたい時はいつでも呼んで下さい。空でもベッドの上でも」

「だから、それはセクハラだって……。すみません、中佐。日本にはまだ、少なからずこういう輩《やから》がいるんです。紳士の集団にあってお恥ずかしい限りです」

「結構ですのよ。アメリカのストーカーまがいのセクハラに比べれば、ご挨拶の程度ですよ」

「さて、申し訳ないですが、中佐。私は早速仕事がありますので、失礼します。荒川とはさっき会った。野村はＣＩＣか？」

「そうだ。向こうのＮＴＤＳに、シーデーモンのコンタクト位置が表示されている。思ったより速い。一群のエリアのど真ん中に突っ込んでくるかも知れない」

「間に合うのか？」

「間に合わせる。心配するな」

「パイロットは寝かせていいな？」

「ああ、案内させる」

艦長は、脇村二曹に、部屋の案内を命じてから、速度を上げさせた。高速運航に伴う小刻みな振動が船体を見舞う。時々、海上の浮遊物と衝突する不気味な衝撃が響いてくる。

とても、初めての乗艦で眠れるものでは無かった。


第一護衛隊群を率いる村上壮治郎海将補は、前へ出過ぎたかなと思った。それほど接近していた。〝しらね〟のＣＩＣルームで、ＮＴＤＳの表示スクリーンを睨みながら、村上司令はそう思った。

「Ｐ－３Ｃが現場海域に着くまでどのくらい掛かる？」

「二時間半は掛かりますね」

航空幕僚の田代三佐が答えた。

「われわれが対潜ヘリを離陸させられるまで、さらに一時間は掛かります」

「もう少し出ますか？」

首席幕僚の西条一佐が提案した。

「いや、むしろ下がりたいぐらいだ。ゆきかぜとの連携が前提だからな。ゆきかぜの到着を待ちたい所だ。まあ、そうも言っておられんだろうが、Ｐ－３Ｃがシーデーモンを追い込んでくれることを期待しよう。向こうが焦れば、それだけ隙が生じる。足を止めるチャンスも増えてくる。大湊の地方隊は出たのか？」

「はい。ＮＴＤＳに情報は上がってませんが、海峡で待機しているはずです。がっかりですよ」

　作戦幕僚の横山二佐が答えた。

「何が？」

「あそこの六隻は、皆ボフォース対潜ロケットを搭載しています。あんな旧型艦にも押されるとあったら、われわれの存在価値は無い」

「敵にとってはプレッシャーになるだろうな。何しろ、無誘導で爆発する。ロシアが対潜ロケット・システムを放棄しない理由がなんとなく解るよ。横への対潜陣形を組んで、敵を待とう」

「はい。間に合えばいいですね、ゆきかぜ」

「ああ、向こうにポスト・イージスあれば、わが方にスーパーステルス艦ありだ。さしずめ、日本の造船技術対、アメリカの軍事技術という所だな。勝たなきゃならん。われわれのプライドのためにもな」

　第一護衛隊群は、単縦陣を崩し、〝しらね〟を中心に扇形の包囲陣形に組み直し始めた。

二〇機にも及ぶＰ－３Ｃの捜索は、またも空振りに終わりつつあった。

夜明け前、灯りが点ったままの部屋の片隅で、マクシミリアン・ソンダース曹長は、ついに目的の情報を見つけた。

ロスアンゼルス・タイムズ紙に、その記事はあった。会社のデータに残されたマックの行動記録とも合致する。

ソンダース曹長は、ソファで寝ているファナブル提督を起こした。

「提督、たぶん、見つけました」

「そうか……」

提督は、毛布をはねのけ、瞬きしながら起きあがると、眼鏡を掛け、パソコンの前に座った。

「何時だ?」

「ズールの一三時です」

「五時か……。そろそろ連中が接触する頃だな」

パソコンの画面には、新聞の記事が表示されていた。

「ロスアンゼルス・タイムズの、八月二日の記事です。ロスのホリディ・イン・クラウンで、ケーブル・テレビ関係のコンベンションが開かれ、スターが駆けつけたという記事があります。会社の記録とも合致しています。この日、マクリーン氏は、夕方、社有のガルフストリーム機で、ロスアンゼルスへと出張したことになっています。さっき、秘書のエディを電話で起こして確認を取りました。どこへ行ったかは解っていないが、エディはその日のことを良く覚えていました。翌日空港に現れたマクリーン氏は、まるでセックスの後のように満ち足りた表情で、終日上機嫌だったそうです」

「この頃のことは思い出したくも無いな。会社にとっては悪夢だった……」

「ええ。同感です。テレビ局を当たりますか？」

「そうだな。もうしばらく時間が経ったら、ハリウッドのプロデューサーを当たってみよう。どこかのプロダクションが映したビデオに、一瞬、その大物マフィアが映っているかも知れない。あと六時間待とう。連中は、海軍と違って朝寝坊だ。機嫌を損ねても何だからな」

　ファナブル提督は、ハリウッドが製作した海軍関係のアクション映画の何本かに、技術的なアドバイザーとして名前を出しており、映画関係者の友人も多かった。

「とんだことで、交友が役に立つかも知れんな。正直なところ、あの浮わついた連中とのつきあいにはうんざりしていたんだが。ケンウッド大佐とは連絡が取れたか？」

「はい。難しいと仰ってました」

「こんなにスピードが速いなんて思ってもみないからな。だが、フネは入っているんだろう?」

「フネの寄港の理由は機関故障ですから、出発はいくらでも引き延ばせます。今日でも出せないことはありません」

「では出すしかないだろう。何が手間取っているんだ?」

「型取りは終わってるんですが、細工に時間が掛かるんだそうです」

「彼は大丈夫だと言っていたぞ」

「容貌が変わりすぎていたというのが、向こうの理由です。肉厚とかで、だいぶ設計変更を余儀なくされたとかで」

「あいつは自分で、自分がハリウッドで最高の技術者だと売り込んで来たんだぞ。まったく、これだから連中は信頼できん。もう一度、大佐に督促のEメールを出しておけ」

「了解です。もう一休みなさいますか?」

「いや、ニュースは何かやっているかい?」

「〝コロンビア〟が接触した情報が漏れたようです。たぶん、ハックマン弁護士がソースでしょう。ニュース専門局の報道を見る限りは、おおむね、われわれに好意的なようです。最新鋭のロス級原潜をまいて疾走するシーデーモンという図式が成り立っています」

「ロビンめ。弁護士を辞めたら、広告代理店でも経営して稼ぐつもりだな。コーヒーを一杯くれ。新聞の早刷りをインターネットで読むよ」

「畏まりました」

提督は、その時初めて、ソンダース曹長がショルダーハーネスを付けてマシン・ピストルをそれに突っ込んでいるのに気づいた。

テーブルや、ソファの横に、サブ・マシンガン、アサルト・ライフル、防弾チョッキや防弾ヘルメット、弾薬箱が置いてあった。


マックは、深夜過ぎにケンウッド大佐に起こされた。

すぐ、心理カウンセラーが入ってきて、彼の表情を読みとり、大佐に何かを耳打ちした。

大佐は、いったん人払いすると、天井の灯りを消して暗くした。マックが、眩しい顔をしたためで、カウンセラーはそれを注意したのだった。

「マック、すまないが、予定が早まった」

「見つかったか？」

「いや、シーデーモンがすっ飛ばしている。予定より、半日以上早い接触が必要になりそうだ。だから、早めに出る。その前に確認しておきたい。私は、君を人事不省にしてこの国から連れ出すことも出来る。君はそれを望むかね？　何処かで、われわれは韓国当局の誰何《すいか》を受けることになる。一度ならずね。その時、君に喚きながら両腕を差し出すような真似をしてほしくない。約束してくれるか？」

「何のために？」

「みんなのためだ。皆の友情のためだ。君を救い出すために、人生を棒に振り、一生を連邦刑務所で過ごすことを覚悟した連中のためだ」

マックは、三〇秒ほど黙って考え込み、「馬鹿げている……」と呻いた。

「では会社のためだと考えろ。わが社には、まだ世界中に二万名もの従業員がいるんだぞ。彼らのためだと思え。君が犠牲にした従業員への罪滅ぼしだ」

「断りようが無いじゃないか？」

「イエスと言ってくれるな？」

「最初の約束は生きているんだろうな。私が家族と再会した後の行動は、私の判断によるとの」

「もちろんだ」

「では、答えはイエスだ。全て君の命令に従うよ」

「有り難う」

ケンウッドは、再びライトを灯した。

昼間、彼の顔型を取ったアーティストの黒人の青年が——、彼は自分がゲイであることを隠そうとはしなかった——、スーツケースを持って現れ、「もっと自然なライトを頂戴」と言った。

「こんなんじゃ駄目よ。色彩が解らないわ」

「どのくらい掛かる？」

「両手は、どうにか一時間で片づけましょう。顔は四時間は欲しいわね」

「駄目だ。トータルで三時間が限界だ」

「ま、やるだけはやってみるわよ。でも、クオリティは保証できないわね」

男は、スーツケースを床に広げると、まずコットンを取り出して、早速作業に掛かった。

「さあ、魔術師の腕を見せて上げるわ」

現代の魔術師は、シリコンのラバーとペイントを用いて、マック・マクノートンを、月給一〇〇〇ドルの労働者に仕立て上げようとしていた。

第七章　チャンネル

第一護衛隊群司令村上壮治郎海将補は、〇〇：四三時、全艦隊に戦闘配置を命じた。自身、ライフベストに鉄兜を着用して、ＣＩＣルームの司令席に座った。

「先陣、護衛艦〝はるさめ〟搭載ヘリがアップドップラーです。間もなく位置情報来ます」

「何番だ？」

「二番です！」

二番ソナーが捉えたらしかった。

艦隊の左寄りに出ていた機体だった。護衛隊群の先頭艦より、更に五〇キロは東へ飛んでいた。

「あのエリアで発見したということは。艦隊の包囲陣まで一時間ないということだな？」

「はい。最短三〇分。最大で五〇分かと」

「ふむ……」

司令は、椅子を降り、チャートの上に屈み込んだ。

「通信士！　この辺りだ。〝ゆきかぜ〟へ打電。本艦隊は、敵艦を捕捉せり、これより包囲戦に掛かる。貴艦は、本艦隊の西方へ直進し、ヘリの収容に備えられたし」

「間に合いますかね……」

首席幕僚が呟いた。

「間に合ってくれなきゃ、うちのヘリは油ぎれでばたばた海面に落っこちる羽目になる。航空参謀、意見は？」

「はい、付近の二機を応援に回します！」

「よし、任せるぞ。包囲陣形を左へ五度修正する。艦隊速度を維持しつつだ」

スクリーンに、敵艦の位置情報が表示された。投下したソノブイによる情報だった。三角測量がなされ、位置、スピード情報が加算されて行く。

「六三ノットで移動中⁉　化け物か……」

「時間がないぞ。〝はるさめ〟を攻撃艦に任命。全魚雷を撃って構わないと伝えよ」

艦隊の輪の中から、左翼最前部にいた最新鋭の護衛艦〝はるさめ〟（四四〇〇トン）が前方へと出始めた。

「〝はるさめ〟アスロック発射します！」

アスロックSUM対潜ミサイルが、〝はるさめ〟の前部VLS発射基から飛び出て行く。それは、三〇キロを飛んで海中に突っ込んだ。

第一護衛隊群が潜水艦を発見してから、攻撃命令を出す僅か一〇分の間に、シーデーモンは二〇キロも艦隊に接近していた。

弾頭部の八九式短魚雷は、シーデーモンの一〇〇〇メートルも後方に落下した。

「こりゃかなわんわい……」

スクリーン上でそれを見ていた村上は、たまらず呻いた。

〝はるさめ〞が二発目を発射する。今度は、一〇〇〇メートル手前に落ちた。

「いい場所だ！」

魚雷は、まっすぐシーデーモンを目指したが、あっけなくロストした様子だった。

「層深《レイヤー》がありますね。潜ったようです。コンタクト・コストです」

その間に、シーデーモンは、また二〇キロ艦隊に近づき、〝はるさめ〞を追い抜いた。

「とんでもないな……。たった二発しか撃たせてくれなかった。首席、次はどれだ？」

「右翼にいる〝きりしま〞で挑むしか無い。データの処理速度で若干他艦に勝ります」

「よし、攻撃艦を〝きりしま〞に任命」

その三〇秒後には、きりしまはＶＬＳからアスロックＳＵＭ対潜ミサイルを発射していた。

これは、シーデーモンに対して側面からの攻撃になった。深度は四〇〇メートル。

だが、シーデーモンの速度の方が速かった。

八九式短魚雷は、僅か五〇〇メートル追っただけで、海中へと没して行った。

「次〝あまぎり〟を任命！　航空幕僚！　ヘリを呼び戻せ。油の無い奴はさっさと給油させて西へ飛ばせ！」

シーデーモンは、〝あまぎり〟がアスロックを発射する頃には、艦隊の中央部に侵入していた。

その時点で、村上司令は、艦隊の半分を一八〇度回頭させた。

〝あまぎり〟は、たった一発攻撃できただけだった。それも、遠くシーデーモンには届かなかった。

シーデーモンのマーカスをして、この程度のことで指一本でも触れられたら、ポスト・イージスとしての価値は無いと言わしめた。

第一護衛隊群の村上司令は、まだ勝負を投げるつもりは無かった。

「諸君、追いつけないのは、単にフネだけだ。ヘリは依然としてシーデーモンよりスピードは速い。全艦、速度一杯で敵艦を追うぞ。艦隊陣形は崩して構わない。速いフネから前へ出ろ」

〝ゆきかぜ〟ことシーデビルのＣＩＣルームでは、無惨に砕け散る友軍の攻撃にため息が出るだけだった。

「発射された魚雷は、現時点五発かな……」

「深度四〇〇で、シーホークが真上に来て短魚雷を落としたとしても、その短魚雷が深度四〇〇に降りるころには、シーデビルは、数千メートル走った後よ。無意味な攻撃だわ」

ブレット中佐は、ため息などつかずに、ただ厳しい評価を下すだけだった。

「ではどうするんです？」

フライトスーツ姿のままの大淀二佐が尋ねた。

「斜め前。ここなら、常に、シーデビルの、もっとも音の反射面積の広い部分を真正面に捉えて攻撃できます」

「〝きりしま〟の攻撃はそれに近かった。失敗したがね」

「深いのと、速すぎたせいです。あれは絶妙でしたけれど、たぶん運が無かった」

「どの道、あと二時間も経てば、われわれがどの程度適応できるか答えは出る」

スクリーン上では、給油を終えた数機のシーホークが、艦隊も、真下のシーデーモンも置き去りにして、西へ西へとフライトしていた。

彼らは、そこでシーデーモンを待ち受け、燃料が尽きる頃には、シーデビルが駆けつける手はずになっていた。

マックス・キムは、淀んだ空気が動いた気配で眼を覚ました。

目の前に突き付けられた銃口に反応し、一瞬右手を枕の上に伸ばしたが、手遅れだった。そこにあるべきものは、相手の左手に握られていた。

「朝寝坊はろくなことはないわよ、マックス。女を買うときは、せめてチェーンぐらい掛けなさい」

「誰だ、貴様は？　俺が何者か知っているんだろうな？」

「ええ、マックス。あんたは、ただ逃げ隠れするしか能のないチンピラよ。マフィアの大物を気取っていたのは昨日までの話」

「だから、何者だと聞いている」

「私はバウンティ・ハンターよ」

「俺は今、ガールスカウトからもＦＢＩからも追われる筋合いは無い。政府との帳尻は全部付けたよ」

「名前はウェンディ・テイラー」

「誰だい？　そいつは有名人なのか？」

「ええ、一族ではね。テイラー家、もしくは、チェ・キムの一族ではね」

「ああ、くそ！　なんだ⁉　口うるさいテイラーの娘か。確かＦＢＩに入ったはずだぞ」

「そう。親戚づきあいの悪いあんたは知らなかったでしょうが、あたしは今市警察や連邦政府に、あんたみたいなお尋ね者を差し出して飯を喰っているのよ」

「だから言っているだろう。俺は今、どこの州からも指名手配なんぞされていないって」

「じゃあ、なぜ逃げ隠れしているの？」

「いいじゃねぇか。そりゃ俺の勝手だ」

「ああそう。じゃあ、ここからＭＳＩ社に電話を掛けて、テックスっていう悪党を呼び出してみようかしら？」

「ちょ、ちょっと待て⁉　何のつもりだ。いったいどういうことなんだ？　それに、第一どうしてお前がそんなに簡単に俺の居場所を突き止められる⁉」

「貴方はその商売と性格に似合わず母親思いですからね。すぐ解ったわ。お母さんに電話を掛けて、あたし仕事のことでどうしてもマックスの力を借りたいんだけど、どこにいるのかしらと尋ねたのよ。まったく、どうしてあんないいお母さんから、こんな悪党が生まれるのか……」

「ええいくそ……。あれだけ喋るなと言ったのに……。テックスの手先か？」

「いいえ。ＧＭＨＩ社よ。ＧＭＨＩ社は、あんたが喋ってくれれば、一生その安全を保証すると言っているわ」

「いいや。俺は何も知らないし、何も喋るつもりはない」

「そうやって一生隠れているつもりなの？」

「ほとぼりが冷めるまでの話だ。マック・マクリーンがのたれ死にするまでの辛抱さ」

「甘いわね。あんたはテックスって男を知らずに首を突っ込んだのね」

「その手にゃあ、乗らねぇ。口にはチャックだ」

テイラーは、毛布をひっぺがし、裸にした上で、馬乗りになってベレッタの銃口を額に押し当てた。

「よせ！」

「喋った方がいいわよ。テックスに殺された後で、喋っとけば良かったと後悔するかも知れないから」

「カレル・ハルストっていう、ちんけな野郎が金蔓を紹介するっていうんで会ったんだ。麻薬密輸船を造らせるっていう話だったが、あいつもう、すっかり頭に来ていて、とてもやばい話なんか出来る状況じゃなかった。ハルストは何度も俺を頼って来たが俺は取り合わなかったんだ」

「まだあるでしょう？　肝心のことを喋りなさい。ハルストは、マックが韓国で事件を起こした後、殺されると思って、あんたにべらべら秘密を喋ったでしょう？」

「そ、そんなことは知らん。第一、俺がマクリーンと会ったなんて証拠は何処にもないんだからな」

「心配しなくてもいいわ。あの日、ホテルではケーブル・テレビのコンベンションが開かれていて、テレビカメラが一杯入っていたのは知っているでしょう？　あんたがばっちし映っていたわよ。どれだけ厚化粧しても、画像処理技術をもってすれば、バレバレなんだから」

　ビデオが見つかるのは夕方のことで、更にそれにマクリーンとマックスが喋りながら歩いているシーンがばっちり映っていたと解るのは深夜のことだったが、その台詞は効果があった。マックスの顔色が変わり、鳥肌が立つのが解った。

「俺は何も知らない。何も聞いてない。ハルストが何か喋ったからと言って、俺がそれを口にして誰が信じるというんだい？」

「あら、テックスは信じるわよ。何しろあんたはこうして逃げ隠れしているんですからね。よほどやばい話を聞いたとしか思えないじゃない」

「いいか、言っておくが、俺はＧＭＨＩ社から恨まれるようなことをした覚えはない」

「だから言ってるじゃないの？　保護してやるって。服を着なさい」

　テイラーが雇った白人の大男と、背の低い東洋人が部屋に入ってくる。

「ボディガードは選んだ方がいいわよ。まったく、大物韓国系マフィアが聞いて呆れるわ。こんな安宿でこそこそと……」

　それから五分後、一行は、ラスベガスの安宿を後にした。

シーデビルから三機のシーホーク・ヘリ、プラス、コマンチ・ヘリが対潜装備で離陸すると、代わって第一護衛隊群のシーホークが、次々と着艦してソノブイと燃料の補給に掛かり始めた。

　シーデビルは速度を全く落とさず、こちらも六〇ノットで疾走していた。

　シーデビルは、シーデーモンの推進機音を直接拾うことは出来なかったが、シーデーモンの方は、それを聴くことが出来た。

　マーカスは、その音を発令所へ回して艦長に聴かせてやった。

「マーカス、速度はどのくらいだ？」

「六〇ノットは出ていますよ。われわれの真横へぴたりと着ける位置です」

「いよいよ真打ちの登場か……。攻撃するか？」

「命中するとは思えませんが、こいつにこのままチャンネルに尾いてこられるといい気分はしない。牽制しましょう。まずは、軽くエクスペンダブルＥＣＭを投じて警告しましょう」

「了解した。後方魚雷発射音より、エクスペンダブルＥＣＭ兵器を、奴に当てるつもりでいく」

　シーデーモンは、徐々に浮上に移った。シーデーモンは、高速運航中でも、安全に魚雷を発射するために、後ろ向きに斜めに出た魚雷発射管を持っていた。

野村二尉が、急造の対潜コントロール・ルームで、ヘッドセットを被り、シーデーモンを追っていた。もちろん、シーデビルもすでに戦闘配置に入っていた。LAMPSシステムの中核をなすHSTACリンクがフル稼働していた。

「目標は、現在、本艦の前方右舷二〇度方向を左舷へ横切りつつあり。相対距離、一五〇〇〇、艦長、今の内に舵を切っておいた方がいい。シーデビルが奴に近づいてもろくなことは無い」

「了解、ソナー・コントロール。左へ切りつつ、徐々に距離を詰める。取り舵一〇！」

艦長は、CICにあるたった一台のHSTACモニターをちらと一瞥した。

四本のLOFARソノブイが、シーデーモンのノイズを捕捉し、二機が海面上にホバリングし、ディッピング・ソナーを降ろして正確な位置を探っていた。

「こちらソナー、目標の一〇〇〇〇メートル向こうに第二波、二〇〇〇〇メートル向こうに第三波のソノブイ・バリアを張ります。それぞれのバリアを敵潜が突破するのは五分置きになります」

「了解。たった五分で一〇〇〇〇メートルもの間隔の対潜バリアを突破するなんて……」

「アップドップラー!? 海面へ浮上するアンノウンを発見！ ベータ目標を宣言。ベータ目標は、対艦ミサイルの可能性あり」

「了解、ベータ目標を承認。対空監視怠るな！　個艦防御は、味方対潜機への誤射を防ぐため、主砲による調整破片弾迎撃とする。主砲待機！」

あっという間に、シーデビルはシーデーモンと併走する形になった。

「敵ミサイル、右舷にジャンプするぞ！」

「目標は浅深度へ浮上しつつあり。やっぱりそうだ。あれは深深度だとミサイルは撃てないんだ」

バレット中佐が首を傾げた。

「おかしいわ艦長。サブ・ハープーンなら、後方魚雷発射管から撃てる。浮上する必要があるのは、後部VLS発射基の兵器類に関してです」

「何を搭載しているんです？」

「もちろん対艦ミサイルも搭載しているけれど。妙だわ……」

「来ます！　右舷一三〇〇に空中目標！　ベータ・ターゲットです！　本艦へまっすぐ来ます」

「主砲、行けるな」

「はい、行けます」

「総員、主砲発射に備えよ！」

艦首デッキから、一二七ミリ五四口径単装速射砲が火を噴く。

衝撃がＣＩＣの機器を揺らした。レーダー・スクリーンに、亜音速で接近するミサイルへと向かって行く砲弾が映った。

「これ、シースキマーじゃないぞ⁉」

ミサイルは、低空域に降りてくるかと思いきや、そのまま高度四〇〇メートル辺りを維持して向かってくる。

「中佐、何です⁉　これ」

「解りません。こんな間抜けな対艦ミサイルは持っていません」

ミサイルが高度を落とすと判断して低い位置を狙った砲弾は、一〇秒あまり飛翔して海面に落ちた。

「主砲発射、弾道が落ち着くまで待て！　ゴールキーパーＣＩＷＳ、起きているな？」

「はい。行けます！」

だが、ミサイルの弾道はそのまま高度四〇〇辺りで固定した。

「よし、主砲、もう一度行け！」

今度は、五秒間飛んだだけで、目標を撃破した。突然、ミサイルが爆発した辺りがレーダー画面上で真っ白になった。

「あ！　解りました、艦長。あれは投棄型のＥＣＭミサイルです。搭載していました。つまり、われわれを傷つける意思は無いということを表明したんです」

「なかなか紳士的ですな。だが、われわれはそうも行かない。コマンチを呼び出せ」

「こちらはコマンチ。現在、目標の一〇〇〇メートル右舷前方を飛行中」

「対潜員、ＧＲ－Ｘ４行けるな？」

「はい。行けます！」

脇村が応じる。

「よし、攻撃を許可するぞ」

コマンチは、徐々にスピードを上げ、更にシーデーモンの前方へと出ると、配備前の最新鋭のＧＲ－Ｘ４短魚雷を投じた。

シーデーモンは、まだ浅海域に留まっており、今が攻撃のチャンスだった。

マーカスは、その目標の音の高さに注目した。バラクーダに近い音だった。躊躇《ためら》わずに、後方魚雷発射管よりのアンチ魚雷発射を要請した。

「針路０―４―５へ。遠く潜って下さい！」

「了解。こっちの挨拶は通じなかったようだな」

アーネスト艦長は、次は対艦ミサイル攻撃で行くつもりだった。向こうが搭載している迎撃ミサイルより、こちらの対艦ミサイルの方が数は多いはずだった。いずれは決着が付く。

「マーカス、敵はミサイルで撃墜したのか？」

「いえ、振動からすると、主砲迎撃でしょう。手強いですよ。連中はミサイルなんか使わなくてもミサイルをたたき落とせるんですから」

アーネスト艦長は、二発のサブ・ハープーンを発射した。

アンチ魚雷が、シーデーモンのほぼ真横で、GR‐X4を撃破する。

片瀬艦長は、「奴はハープーンを何発搭載しています?」とブレット中佐に迫った。

「魚雷発射管から撃てるサブ・ハープーンは一〇発。他に、後部VLSから撃てるタイプを二〇発です」

「三〇発も撃たれたんじゃかなわない。最初の一発だけ主砲迎撃。もう一発はステルス・モードでかわしてみるぞ! 面舵いっぱい。ミサイルへ向かえ!」

シースキマーのハープーン・ミサイルは、プログラム誘導で、シーデビルの未来予測位置へと向かっていた。

「くそ……。イーグルでも呼んでおくんだったな。中佐、シートに座ってシートベルトを」

「え?」

その瞬間、舵が切られて、シーデビルは右舷へと大きく傾いた。ブレット中佐がよろめいて、フラット・スクリーンの端を慌てて掴んだ。

「艦長、注意して下さい。本艦は、シーデーモンの真上へ向かっています」

桜沢副長が、プロッタボードを見ながら注意を促した。

「ステルス・モードへ。マスト一時格納します」

ブリッジ真上の各種アンテナを搭載したマストが格納される。アンテナ類は、ブリッジの背中にもワンセットあったので、たいして支障はなかった。

シーデビルのマストは飾りみたいなものだった。

「マストなしにデータ・コミュニケーションが可能なんですか？」

ブレット中佐がシートに座ってベルトを締めながら言った。

「フェイズド・アレイ・レーダーを利用します。フェイズド・アレイ・レーダーが、本艦のレーダー・システムとしては、一番表面積が大きいですから、これで代用させています。探知の隙間を縫って、少しずつ他のデータ通信を行います。いってみれば、テレビ電波に文字情報を載せるようなものです。いずれ、艦艇のコミュニケーションは全部そちらへ移行しますよ」

「ハープーン、一発目はそれます。二発目はまだ追尾中。本艦まであと二〇秒！　ゴールキーパー行きますか？」

シーデビルは、二〇ミリ砲弾を使うバルカン・ファランクスより強力な、三〇ミリ弾を使うオランダ製のゴールキーパー近接防空火器《CIWS》システムを搭載していた。

「いや、まだだ。針路0―2―3で舵戻せ。ブリッジにシャッターを降ろせ」

ブリッジの窓にレーダー吸収構造の格子状のシャッターが降ろされる。これで、真正面からレーダー反射するものは、主砲だけになる。

「主砲、降ろしますか？」

「いや、まだだ」

「ハープーン二発目、本艦のロックを確認できず。目標を探しています」

「大淀、ヘリに高度を取らせろ！　ハープーンが誤射するかもしれん」

艦長は、開け放たれた隣室に向かって怒鳴った。

「解っている！」と返事が返ってくる。

二発のハープーン・ミサイルは、結局、シーデビルの軌跡をオーバーシュートして海面に突っ込んだ。

プロッタに視線をやると、シーデーモンがまた舵を切り、南へと僅かに針路を変えたみたいだった。シーデビルは、その真上を横切った所だった。

「針路3―0―0へ。しばらく併走する。中佐、あの動きはペンダラム・ソナーを運用するためですか？」

「ええ、小刻みに針路を変えるのは、たぶんペンダラム・ソナーの死角をカバーするためです」

「津軽海峡まであと何時間だ？」

「このままだとほんの三時間で突っ込みます」

「こちらソナー、敵艦は速度を上げつつあり」

「振り切るつもりだな。とにかく、可能な限り付いていこう。どの道、向こうは海峡では速度を落とさざるを得ないんだ」

波の状態が思わしくないのが気がかりだった。海上を疾走するシーデビルよりも、海中を突き進むシーデーモンの方が有利だった。

シーデーモンは、七〇ノットまで速度を上げ、僅か一時間で一〇キロの差を開けた。すでに、東の水平線は、うっすらと夜明けの兆しを捉えていた。

マック・M・マクリーンⅢ世は、頭からすっぽりとシリコン・ラバーのマスクを被っていた。

髪の毛を丸刈りしていたせいで、頭の変装は比較的楽だった。

鏡を手渡されて、ようやく自分が黒人に変装するのだと解った。

鏡の中の自分をあっけにとられて見つめていると、モデルとなったらしい本人が突然背後に現れて大笑いした。

「まるで双子みたいだ……」

ケンウッド大佐が、その技術に驚嘆して呟いた。大佐も変装していたが、こちらは単に化粧と髪型だけだった。一〇歳は老け込んで見えた。

「お面を被ったり脱いだりってわけにはいかないけれど、ハリウッドのメークアップ技術はここまで来ているのよ。私がその気になれば、貴方たちの誰にでも変装して、あなた達のアリバイのない時間帯を狙って好き放題の悪さが出来るのよ」

作業したアーティストは、誇らしげに語った。

ケンウッド大佐が、ボロボロの船員のパスポートをマックに手渡した。

「君の名前は、ダニエル・ロンドバーグ。三五歳。南アフリカ人で、リベリア国籍の貨物船サザンビーチ号の二等航海士だ。私は、シンガポール支社から派遣されてきたスペイン人のエンジニアとして乗り込む。サザンビーチは、二日前、中古ブルドーザーをマレーシアからサハリンまで運ぶ途中、エンジン・トラブルで釜山に立ち寄った。私はそのエンジン修理で途中から乗り込むことになる。君は、昨夜、仲間と歓楽街に繰り出したまま、まだ帰っていない」

「南ア訛りなんて知りませんよ」

「構わないさ。ここの税関職員だって知りはしないよ」

アーティストが、唇の動きをチェックした。

「唇はどう？　引っかかる感じはしない？」

「むずむずはするがね」

「オーケーみたい。じゃあ、三〇分で両手を塗っちゃいましょう」

こちらはまだ、夜明けの気配も無かった。


シーデビルが津軽海峡に進入した時、その距離は三〇キロにも離れていた。全員が、ＣＩＣルームに詰めたままだった。

シーデーモンは、さすがに速度を落として恵山岬沖へと進入していた。この辺りはまだ深度二〇〇メートルの幅が広いが、すぐ浅く、しかも狭くなる。

アーネスト艦長は、インターカムを取ってマーカスを呼んだ。

「敵の配置は？」

「ツガル・チャンネルの入り口に六隻。それだけです」

「そいつはどうやってわれわれを攻撃するつもりなんだ？」

「最初はボフォース対潜ロケット弾でしょう。この深さでは効果があります。それから後ろからアスロックですかね。コースを小刻みに振って下さい。この深度では、発射の振動を拾うのは困難です。でもボフォースの射程は二二〇〇メートルしかありません。一番端っこのフネの真下に潜ればいい」

「了解、攪乱用にエクスペンタブルＥＣＭを二発先行させる。浮上に備えてレーダー・システム・ウォームアップ急げ！」

シーデーモンは、更に速度を落とし始めた。

シーデビルのブリッジからは、水平線上に待機する大湊地方隊所属の六隻のDEが見えていた。

「うまくやってくれよ……」

「シーデーモン、本州寄りのコースを取る模様」

北海道寄りに配置していたDEが動き始める。

「一、二隻は間に合うかな。〝いしかり〟の真下に潜るつもりか」

護衛艦〝いしかり〟（一二九〇トン）が、十分な距離を持ってボフォース対潜ロケット弾四発を発射した。

その左舷にいた〝ゆうばり〟（一四七〇トン）が突進して、ボフォースを発射する。

海面が爆発で泡立つ模様が解った。

「敵艦、減速しつつあり、このままだと海峡を抜ける頃には追いつけます」

「命中したか!?」

「いえ、一番近いものでも一〇〇メートルぐらいでしょう。またエクスペンダブルECMを発射しました！」

レーダーに、多数の航空目標が映り始めた。

「対空監視、こいつは何だ!?」

「三沢から出たＰ－３Ｃです。八戸のＰ－３Ｃも続く模様です」

「そうか！　Ｐ－３Ｃが搭載する爆雷という手があったな」

だが、シーデーモンの方が先に動いた。

津軽海峡へ入った所で、アーネスト艦長は、浮上と、ブリッジ操船を命じた。

「さあて、諸君！　シーデーモンの、ポスト・イージスたるゆえんをここで証明してみせるぞ」

「ヘッド浮上に備えて更に減速します」

浮上時の造波抵抗によるショックを軽減するために、浮上時だけはスピードを落とす必要があった。

「ヘッド減圧。純水排水開始」

純水用のブロータンクに、僅か九〇秒でブリッジ部を満たしていた純水が抜き取られる。

その間に、艦は潜望鏡深度に浮上していた。ＥＳＭレーダー・マストが海面に上がった途端、脅威評定アラームが鳴り響いた。

「Ｐ－３Ｃ！　近いです！」

「シースパロー待機。浮上後トラッキング・ビームを浴びせる。浮上急げ。副長、発令所を預けるぞ」

「はい！」

アリッサが、スキップ・シートに腰掛けた。

アーネスト艦長は、ブリッジへのラダーに取り付きながら怒鳴った。

「気圧同調しました。ハッチ・オープン・オーケーです！」

艦長は、自らハッチを回し、純水が滴り落ちる中を、ラダーを駆け上った。

「操作コンソール、三〇秒で復元して見せろ！」

艦長は、ブリッジに上がるなり、窓にへばりついて周囲を睨み付けるように観察した。インターカムを被り、後方の護衛艦の主砲が火を噴いたのを見て取った。

「取り舵二〇！　速度戻せ！　戻せ！」

「対空レーダー、行けます」

「何処だ⁉　Ｐ－３Ｃは」

雲がうっすらと掛かり、Ｐ－３Ｃはまだその上らしかった。

「レーダー探知後、直ちにロックオン！」

「了解」

艦長は、スキップ・シートには座らず、もっぱら後ろに仁王立ちし、後方の護衛艦を見つめていた。

砲弾が、舵を切ったシーデーモンの後方に落下して、派手な水柱を上げた。

「P－3C探知！　左舷九時方向。全部で八機、まだ増えつつあります。全機ロックオン。発射命令願います」

「撃ち墜としはせんさ……。たかが対潜哨戒機ごときを気の毒な」

艦長は、不敵な笑みを浮かべながら、左舷よりの窓から空を見上げた。攻撃態勢に入っていたP－3Cが、チャフ・フレア・ディスペンサーを展開しながら、急激な右旋回を打って回避行動を取る。

二機、三機目も、同様に回避行動に入った。四機目以降は、雲の下へ出ることなく引き返していった。

「こちらの速度は⁉」

「四〇ノットから更に増速中です」

「あのシーデビルでさえ、われわれが浮上状態でこれだけのスピードを出せるとは思わないだろうな」

まったく、その通りだった。

ブリッジに上がった片瀬艦長は、双眼鏡で、シーデーモンの特徴あるブリッジを凝視しながら、「化け物かよ……」と呻いた。

「速度はどのくらい出ている？」

「四五ノットから更に増速中。P－3C部隊は、完全に撤退しました」

「そりゃ、直《じか》にミサイルを撃たれた日には回避しようも無いからな……」

シーデビルは、ようやく、大湊地方隊が設けた対潜バリアのラインを通過する所だった。左舷に〝いしかり〟、右舷に〝ゆうばり〟がいた。

〝いしかり〟が、まずハープーン・ミサイルを発射する。

一〇秒遅れで〝ゆうばり〟が続いた。

「ブレット中佐、シーデーモンが浮上状態でもあんな高速が出るとは聞いていませんでしたな」

片瀬は、せめてもの皮肉を言うのが精一杯だった。

「その……、まさか私だって、こんな敵に囲まれた状況で浮上するなんて考えもしませんから」

「浮上状態での最高スピードはどのくらいです？」

「設計スピードは五五ノットです」

「まったく、化け物としか言いようがない。さて、あのミサイルをどうやって撃墜するか……。あのスピードでも、ＶＬＳ発射基のハッチは開くんですか？」

「いえ、それはいくら何でも無理です。ただ、後方斜めへ向けられた魚雷発射管が二本あります。シースパローは、そこから撃てるはずです。キャニスターに入れてですけれど。さっきのアンチ魚雷はそこから発射されたものです。高速運航時、前方へ魚雷を撃つのは困難ですから」

「妨害波をキャッチ！　シーデーモンがハープーンを妨害しています！」

「主砲発射用意。徹甲榴弾装塡！　思い切り近づいて撃つぞ」

一直線に進んでいたハープーンが、急にふらつき始め、コースを変えたと思った瞬間、海面に激突して爆発した。二発目は、シーデーモンに一〇〇〇メートル付近まで接近したが、こちらも無駄な努力だった。

アーネスト艦長は、後部窓から、接近するシーデビルの船体を監視した。朝日をバックに、優美なシルエットが印象的だった。

「あれが麗しのシーデビルか……。まるでシーデーモンのブリッジ部分をそのまま大型化したような感じだな。ま、こっちが向こうを真似たんだから当然だが。よし、この波の状態なら行けるだろう。もう一つ芸を見せてやれ。ステルス・モード、アルファへ移行！」

「こちら発令所、アルファ開始します！　ブリッジ・シャッターを閉じて下さい」

「了解、ブリッジ・シャッターを閉じる」

ブリッジ前方のシャッターが閉じられる。と、ブリッジ正面の全ての窓が、液晶モニターに早変わりした。潜望鏡が捕捉した正面の映像がそのまま映し出される。

そして、シーデーモンは、ゆっくりと沈み始めた。

二〇〇〇〇メートルへと接近したシーデビルからも、その姿を確認できた。

「また潜るつもりかな……」

「たぶん違うわ」

ブレット中佐が、まったくばつの悪いという顔で答えた。こんなシークレットな操艦まですることは無いだろうにという顔だった。

「あの……。アルファ・モードと呼ばれる航行形態です。潜航はしません。波が穏やかな状態の時、ぎりぎりまで潜って、ブリッジの高度を下げるんです。鏡面状態の波だと、ブリッジ底面と波の間は、五〇センチしかありません。このくらいの波だと、たぶん一メートルぐらいでしょう。アーセナル艦の既存概念では、作戦時の乾舷が一・五メートル、航行時七メートルぐらいを想定していますが、そもそもこれは、航行時、全高二・五メートルを想定して設計しました。低速航行なら、全高一・五メートルを維持できます。つまり、ブリッジが半没した状態で、一〇ノット程度を維持できるようになっています」

「対潜ミサイルの脅威を克服したわけだ」

「ええ」

「レーダー・エコー、海面の飛沫に埋没します」

片瀬は、レーダー・スクリーンを覗き込んだ。シーデーモンの後ろに、奇妙な白波が立っていた。

　ブレット中佐がそれを覗き込む。

「シーデーモンがわざと作り出している霧です。ブリッジから一〇〇メートル以上離れた後尾付近から、高温の圧搾空気を噴出させて、水蒸気を作り出しているんです。良好なレーダー・エコーになります」

「ブリッジの一〇〇メートル背後に自分のゴーストを作っている？」

「ええ。船体は、それより五メートルは下の海の中です。エコーの正体は影だから、万一命中しても被害はない。そもそも、あのスピードだと、水蒸気の塊自体が、船体の二〇メートルほど後方で発生することになります。事実上、何もない所に影だけが出来ているんです。対艦ミサイルに対しては、ほぼ完璧です」

「距離一五〇〇〇ぐらいには接近したい。砲術員は、誤差修正を頭に入れておけ」

　コマンチは、その様子をシーデビルの右舷前方、高度二〇〇メートルでずっと監視していた。シーデーモンの一〇〇〇〇メートル以内には入らないよう注意していた。

「引き返して、ロケット弾装備で出る暇があれば良かったな」

　荒川機長が嘆いた。

「それでどうするんです？」

　尋ね返す脇村は、赤外線データで、蒸気の正体が、かなりの高温なことに驚いた。

まるで、原発で、冷却水の蒸気が漏れ出ているようなものだなと思った。

「こっちだって海面の匍匐《ほふく》飛行ならお手の物だ。どこかの岬の陰に隠れていて、ダッシュして、ロケット弾を浴びせてとんずらする」

「この次は考えておきましょう」

「チャンスがあったらの話ですよね……」

水沢一等保安士が、左手にシーデーモンを視線で捉えながら呟く。

何か、水面上を、巨大な将棋の駒が超高速で滑っているような感じだった。あれが軍艦だと知らなければ、USO、海中未確認航行物体として報告書を上げている所だ。

シーデビルは、青函トンネルの真上辺りで、ようやく距離一五〇〇〇まで近づいた。

主砲の射程は二〇〇〇〇メートル以上あったが、あんなとんでもないスピードのフネを攻撃するには、これぐらいの距離は欲しいと思った。

「よし、主砲、まず一発発射するぞ。撃て！」

船体を震わせて初速八〇〇メートル毎秒で発射された砲弾は、三〇秒足らずで目標へと到達する。

コマンチから見ていると、シーデビルが主砲を撃った数秒後には、シーデーモンは、まるで、高速で追い越し車線に乗り換えるスポーツカーのような身軽さで、コースを変えていた。

水沢は、その様子をブリッジへ無線で遣した。

「こちらコマンチ、敵はそちらの発砲に合わせて小刻みに針路を変えています」

「そっちで読める分だけ教えてくれ」

「了解」

艦長は、砲術員に、五発の斉射を命じた。適当なパターンをもって砲撃すれば、まぐれ当たりぐらいあるかもという目論見だった。

アーネスト艦長は、まるでゴールキーパーとキッカーの腹のさぐり合いだなと思った。

彼は、単純な動きに届けることにした。取り舵を五度取らせると、針路が定まった所でコースを固定した。

敵の砲弾は、すべてが前方から右翼へ集中した。アーネストの勝ちだった。

だが、片瀬はめげなかった。次の五発を、またシーデーモンの前方へとたたき込んだ。

今度は、シーデーモンは減速という手で回避した。

「しつこい奴だな……」

海峡を抜けるのは、時間の問題だった。

片瀬艦長は、途方にくれた顔で「意見は？」と中佐に言った。

「残念です。浮上することが解っていたら、電子戦機も出して、対地装備のイーグル戦闘機でロケット弾攻撃できたんですが……」

「副長、あとどのくらいで海峡を抜ける？」

「ほんの五分で、浅深度域を抜けます。出口にロシアの原潜がいます」

「放っておけ。どうせ何も出来はせん。ただの情報収集だ」

シーデビルの完敗と言って良かった。

アーネスト艦長は、ブリッジを降りる間際、水蒸気による偽装を止めさせ、もう一度背後の敵を振り返った。

つくづく美しいフネだった。だが、このフネが追いつく頃には、シーデーモンはその任務を終えているはずだった。

「よし、潜航する。気圧掛けろ。すぐ降りる」

ハッチを閉じて、直ちに気密確認の気圧を掛け、注水措置に移る。

「潜れ！　潜れ！　注水完了を待つ必要はないぞ」

マーカスが、インターカムで艦長を呼び出した。

「艦長。ＮＴＤＳの情報だと、この辺りにロシアの潜水艦がいるはずですが？」

「何か聞こえるか？」

「ペンダラム・ソナーを繰り出しても、しばらくは浅い海域が続きますから。海中状況が芳しくありません」

「全周にわたって、アクティブ・ソナーを使って見るか？　どうせ敵は探知できない」

「まあ、気が向かないですが、それでやってみましょう」

シーデーモンは、それから五分後、深度二〇〇メートルで、アクティブ・ソナーを使った。右舷前方一五〇〇〇メートルに感度を得ると、探針ピンガーを浴びせて敵を震え上がらせた。

水面上の戦いを見守っていたロシアのチャーリー2型原潜は、慌てふためいて、降伏の印に、その場で浮上するのが精一杯だった。


丘の上の高級住宅街のアジトをマッシュ・リー軍曹が運転するタクシーで出ると、釜山の町中へ入り、港へ着くまでの間、警察による三度もの誰何を受けた。乗っているのが外国人であったため、その内二度は、パスポートの提示を求められた。

車内にはアルコールの臭いが充満し、窓から首を突っ込んだ警官は誰もが顔をしかめた。

波止場へ着いた三度目には、リー軍曹は、警官に向かってわざと怒鳴り散らして見せた。

ケンウッド大佐も、得意のスペイン語でくだを巻いて見せた。

税関業務はあっさりと済んだ。大佐は、乗組員に、わざとマックと背格好が似たメキシコ人のパスポートを持つ部下を紛れ込ませた。

もっぱら、警官や軍の注意は、そっちへと向かった。誰も、黒人の南ア人がマックだとは疑うべくも無かった。

サザンビーチ（五五〇〇トン）は、船腹に赤錆が出て、とてもまともに動くとは思えなかった。だが、津軽海峡で、激戦が始まる前には、すでに韓国の領海を脱して、北へと針路を取っていた。

第八章　チュラビスタ作戦

ファナブル提督は、チュラビスタ・ゼブラが釜山を離脱したという知らせにほっと胸をなで下ろした。

シーデーモンも、最大の難関だった津軽海峡を抜けた。

提督は、ＮＴＤＳの情報で、シーデビル対シーデーモンの戦いを固唾《かたず》をのんで見守っていた。

マスタングがクラクションを鳴らしながら駐車場に入ってくるまで、しばらくソファでうたた寝していた。

パソコンの前に座ってＮＴＤＳの情報を見ると、シーデーモンはすでに海峡を一〇〇キロも抜け出て南下していた。

一〇機を超えるＰ‐３Ｃが、その上空で乱舞していたが、無駄なことだった。シーデーモンは、四〇〇メートルまで潜っている。こんな深さにもぐったシーデーモンを、たかが上空から落としたバラクーダ魚雷程度で撃沈できるものではなかった。

「これで、軍も少しはポスト・イージスを見直すだろう」

「だといいですね」

防弾チョッキにMP5SD3サブ・マシンガンを構えたソンダース曹長が言った。曹長の勧めに従って、今はファナブル提督も防弾チョッキを着ていた。

ウェンディ・テイラーが、マックス・キムを引き連れて入ってくると、テイラーは、大げさな格好に「バカじゃないの⁉」と提督を怒鳴り付けた。

「そう見えるかい？」

「私は役目は果たしました。小切手を切って貰ったら帰らせて貰います」

「そりゃあちょっと待った方がいいと思うなウェンディ。これから、お尋ね者が何人かやって来る。全部ひっ捕まえれば、いい金になるぞ。殺人、強盗、なんでもござれの連中だ」

「あんたまさか⁉　……」

「ああ、少々餌を撒《ま》いた。マックス・キムがある所に現れると。三〇分前、向かいのビルに人が入ったよ」

「冗談は止せ！」

後ろ手に縛られたマックスが喚いた。

「曹長、マックスにも防弾チョッキと、チタン合金のヘルメットを被せてやれ。ああ、待てヘルメットは後だ。まずは宣誓供述書を貰わないとな」

提督は、三脚に用意されたビデオ・カメラを指さした。

「待ってくれ。弁護士を呼ぶ。ここの安全なら心配するな。テックスの部下も手強いが、私の部下も相当だぞ。何しろ海兵隊上がりだ」

「私はこんなことで死ぬのはまっぴらです」

「いいじゃないか？　ウェンディ。人間いつかは死ぬんだ。それに、この物語が映画化されれば、君はヒロインになれる」

「ばかばかしい！」

ファナブル提督は、待機させていた会社の弁護士一人と、もう一人、イエローページを捲り、事務所に一番近い弁護士事務所に電話して事件に無関係な弁護士を呼び寄せ、マックス・キムの宣誓供述書作りに取りかかった。

すでに夕方というのに、向かいのビルの裏口に、次々と怪しげな連中が入って行った。

ソンダース曹長は、ウォーキートーキーで部下と連絡を取り合い、敵に見つからないよう、敵の配置を探っていた。

マックスの証言が始まっている背後で、ソンダース曹長は、判明した敵の配置図を、赤いピンで留めていく。

「脱出路はあるんでしょうね？」

覚悟を決めて、防弾チョッキとウォーキートーキーを着用し、ＭＰ５ＳＤ３を構えてポケットに手榴弾を詰め込むウェンディが聞いた。

「そんなものは無いよ。ここはシリコンバレーだ。どこかの路地裏に逃げ込むわけにはいかない。ビルを出れば、隣のビルまで隠れる場所も遮るものもない」

提督がさらりと言ってのける。

マックス・キムは、今にも卒倒しそうな顔で、冷や汗を流し、「プリーズ！」と呻《うめ》いた。

「あ、あんただって死にたくはないだろう⁉」

無関係な弁護士に話し掛ける。弁護士も青い顔だった。

「職務放棄はせんでくれよ……」

提督は、テーブルに置いたベレッタを撫でながら呟いた。

「心配するな。テックスが着くまでは、連中は動きはせんよ」

太陽が没しようとしていた。連中は、夕方のラッシュが終わり、脱出が容易になるのを待っているなと提督は判断した。

シーデビルとシーデーモンの距離は、また開き始めていた。その差は、時間あたり一〇キロ近くにもなった。

シーデビルは、六五ノットという高速を出していたが、シーデーモンは、それより速いスピードで動いていた。

すでに、彼我の距離は四〇キロに開いていた。

片瀬艦長は、まずいなと思った。敵は、公海上を、まっすぐ竹島へと向かっていた。

「この分だと、三時過ぎには、竹島の一二海里領海内に侵入する。韓国政府の回答は相変わらずなんでしょう？」

「そのためのシーデビルでもあります」

ブレット中佐は、苦しい答えだった。

「日章旗を降ろして、ＵＮＩＣＯＯＮの旗を上げて下さい。そうすれば、このフネはあくまでも国連のフネということになります」

「それを韓国側が認めてくれるかどうか。何しろ、ヘリパッドまで造って実効支配しているのは向こうですからね。しばらく、ステルス・モードで進んで、韓国の出方を見ましょう。われわれも一時間遅れぐらいで竹島へ着ける。舞鶴の部隊も、竹島の手前で対潜バリアを張ってます」

第一護衛隊群搭載のヘリ八機は、すでに本土へ引き上げた後だった。八戸のＰ－３Ｃも退却し、今は岩国と厚木のＰ－３Ｃが追尾に当たっていた。

シーデーモンを見失ったのは、それからしばらく後だった。男鹿半島沖二〇〇キロで、シーデーモンはふいに姿を消した。その特徴ある推進器音が途絶えたのだった。

彼らが、七〇ノットで一時間も走る囮魚雷を追っていたことに気づくのは、ずっと後のことだった。

シーデーモンは、日本海のど真ん中で姿を消した。


宣誓供述書が完成すると、ファナブル提督は、まず弁護士を帰した。

彼がFBIに電話を入れるのは時間の問題だったので、どの道ここに長居は出来ないことになった。

「私の仕事は終わったな……」

提督は、8ミリのビデオテープをデッキから抜き、ジュラルミンの耐火ケースに入れながら呟いた。

「じゃあ、とっとと逃げようじゃないか⁉」

マックスが提案した。

「その暇は無い」

ウォーキートーキーのイヤホンに聞き入っていたソンダース曹長が言った。

「テックスが来たのか?」

「いえ、まだ姿は見えません。ただ、モニター班によると、無線のやり取りはあるそうです。ごく近くでしょう。屋上でM72A2LAWロケット弾を組み立てている奴がいるそうです」

「奴が潜みそうな場所を考えよう」

提督は、言うなり銃を構えて「出ろ！　出ろ！」と怒鳴った。

パソコンのデータ破壊プログラムを走らせる。

「ふん。返り撃ちにしてくれるわい」

ウェンディとマックス、曹長と提督が飛び出した途端、「伏せて！」と曹長が叫んだ。

六六ミリのロケット弾が窓にぶち当たるなり炸裂し、ブラインドを吹き飛ばした。

曹長が閉めたばかりのドアが吹き飛び、マックスの目前に降ってくる。

「ひぇー⁉」

「曹長、反撃はまだだぞ！　徹底させろ。敵が動いてからだ」

「はい、提督」

曹長は、小刻みに命令を与えながら、裏口へと一行を案内した。

「曹長、こっちにも敵がいるんでしょう⁉」

ウェンディが喚いた。

「ええ。四人ばかり」

「四人？　曹長、そいつは臭いぞ。こんな開けた場所に四人もいらん。余計な奴が紛れ込んでいるかもしれんな」

「解りました。そちらの狙撃チームに、敵を殺さないよう命令します」

「いったいあんた何人、ここにバックアップを置いたのよ」

「何、ほんの四〇名だ」

提督は、腰を屈めて歩きながら、何喰わぬ顔で言った。

「四〇名も⁉」

「ああ、今朝からな」

「そんなの何処にいるのよ⁉」

「おいおい、ウェンディ、いくら君が元ＦＢＩだからと言って、君に見つかるようではこんな仕事は務まらない。われわれが、社員一人を救出するためなら、クーデターも辞さない会社だということを忘れて欲しくないね。われわれは、一個連隊ぐらいいつでもかき集められるだけの名簿を持っている。彼らは、ＧＭＨＩ社のためなら、いつでも危険を冒してくれる頼もしい集団だ」

曹長が、裏口のドアに、防弾チョッキを被せたカートを押して近づいた。

「ユニフォーム・ワンより、ロメオ・ワンへ。これから外へ出る。敵は、なるべく負傷させせろ。極力殺すな」

曹長がドアを開けてカートを外へ押し出した途端、ショットガンの銃弾がお見舞いされた。

だが、すぐ味方が反撃した。次の瞬間、ドアの向こうから呻き声が聞こえる。

「ロメオ・ワンより、ユニフォーム・ワンへ。敵は撤退命令を出しました。罠だと気づいた模様です。命令しているのはテックス自身です。ごく近くにいます！」

「了解、ロメオ・ワン、引き続き援護せよ」

ソンダース曹長がＭＰ５を抱えて裏の駐車場へと飛び出すと、また外で発砲音が響いた。逃げようとした敵が転ぶのが解った。

提督は、メガホンを取って腰を上げた。

「さあて行くか……。ウェンディ、君も行くかね？」

「ええ、こいつを縛ってからね」

ウェンディは、涙目のマックスの両手両足をガムテープでぐるぐる巻きにして、背中に「お尋ね者」とマジックで大書きした紙を張り付けた。

「さあ、行きましょう。所で提督、私のパートナーにならない？」

「ああ、考えてもいいね。刑務所から出るチャンスがあったら」

提督は、右手にベレッタ、左手にメガホンを持つと、ドアから飛び出し、ソンダース曹長の反対側に停まっているサターンの影に隠れた。

「どんな按配だ？」

「二人殺りました。まだ生きてますが、そう長くないでしょう。何しろ、五〇口径の狙撃銃なんて……」

　辺りは、駐車場を照らす照明のせいで、決して暗くはなかった。路面に、赤い血が広がっているのが解った。

　遠くからサイレンの音が響いてくる。

　一人が飛び出して来た。それを曹長が車の下から足を狙って狙撃する。敵が転ぶのが解った。タイヤの空気が抜けるシューという音がする。

「ロメオ・ワン。もう一人は何処だ？」

「駐車場の端まで逃げた。マスタングと、ジープの間に隠れている」

「了解。包囲する。敵を圧迫するぞ」

　曹長は動き始めた。

「提督、マスタングとジープの間だそうです」

「ジープ⁉　それはひょっとして私のジープか？」

「何言ってんの⁉　私のマスタングはビンテージものなのよ！」

　曹長は、非情な結論を下した。

「ロメオ・ワン。これより接近する。そのジープとマスタングは破壊して構わない。周囲に撃ち込んで、敵にプレッシャーを掛けろ」

　大口径ライフルの狙撃音が響く度、ウェンディと提督は悲鳴を上げた。

左右に分かれて包囲する。提督は、メガホンを取って呼びかけた。

「テックス、これまでだ！　出てこい。ここで死んで、貴様の名声が上がるもんでもないぞ」

だが、反応は無かった。

再び狙撃が始まる。車が破壊されるのが解った。

「冗談じゃないわ……」

何かが路上に投げ捨てられる。

「提督、ピストルです。背広を頭の上で振っています。降伏するようです」

ファナブル提督は、メガホンを置き、ベレッタを構えながら前へ出た。

ＭＳＩ社第二広告本部別室のリー・テックス元海兵隊大佐が顔を上げた。

無表情だった。

提督は、ピストルを突き付けたまま歩いた。

「やあ、大佐。久しぶりだな」

「汚い手を使いやがって……」

「ダーティ？　……。いやいや、残念だが、君ほどのダーティさは持ち合わせないよ。まったく残念だ」

「ＭＳＩ社は何も傷つかないぞ。私が誰かを雇ったという証拠はあっても、会社ぐるみで関与した証拠は何処にもないからな」

「ああ、そんなことは期待していない。まあ、陪審員の判断に委ねるがね」

サイレンの警告灯が近づいてくる。

「せっかく、君を捕まえたというのに、私も一緒にムショ暮らしとは残念だ」

「その歳じゃ、こたえるだろうな……」

提督は、ピストルを左手に持ち返すと、右手で鋭いアッパーカットを食らわせた。

半世紀に及んだ彼の戦いも、ようやく終わりを告げたのだった。


シーデーモンは、富山湾内にいた。

マックの妻と子供が潜んでいたのは、博多ではなく、ここ富山だった。

速度を五ノットに落とし、慣性航法データを基に潜望鏡を上げると、わずか一〇〇メートル手前に小型のクルーザーがいた。

シーデーモンは、そのままブリッジが出る程度に浮上し、彼らがラダーを使わなくても渡れるよう、注意深く接舷した。

その一部始終を湾内警備に当たっていた海保の警備艇が見守っていたが、最初彼らは、何が起こっているのかまるで理解できなかった。

ゆっくり近づく途中、フリルのスカートをはいた金髪の女の子が、その先進的な双胴船に乗り移ろうとしているのを見て、ようやく何が起こっているのか理解した。

しかし、上級司令部が、彼らの緊急無線の内容を信じるには、しばらく時間が掛かった。

アーネスト艦長は、シーデーモンのブリッジで、直立不動で、マック・M・マクリーン夫人のブレンダ・マクリーンを出迎えた。

ブレンダは、すっかり窶《やつ》れていた。

「済まない、ブレンダ。いろいろとあってね。予定が早まった。マックはどうなった？」

「今朝、無事に釜山を出たようよ」

「艦長、警備艇が停船を命じてます」

アリッサが、背後を監視しながら言った。

「停船といっても、そもそも止まっているんだがな。さて、急ごう。長居は禁物だ。まだ目的を達したわけじゃない。アリッサ、ミリーを下に降ろしてくれ。シャ大尉。全員乗り移ったな？」

「はい。艦長。乗艦許可願います」

その小型クルーザーの二人の男女の乗員は、日本社会で目立たぬ中国系アメリカ人だった。

「乗艦を許可する。ご苦労だった。とにかく下へ降りてくれ。このまま速度を上げて湾を出るぞ」

シーデーモンは、警備艇が三〇〇メートルまで接近すると、あっという間に、三〇ノット速へ上げて湾から離脱を図った。

湾を出る頃には、深度四〇〇まで潜っていた。

シーデビルは、速度を五〇ノットに落として前進中だった。捜索は、ほぼP‐3C部隊に委ねていた。

「三〇分だぞ⁉　発見されてから三〇分も経ってこんな情報が届く。どうなっているんだ⁉　海保と海自の横の連絡は……」

彼らがのほほんと囮を追っている間、本物はまんまと家族を回収に寄り道していたのだ。しかも、日本の領海内で。

「なんで富山湾なんだ？」

大淀二佐が不思議がって言った。

「若狭湾でもいいだろう。輪島沖でも」

「くそ……。それを考えるべきだった」

艦長は、地団駄踏んで悔しがった。

「シーデーモンが高速で接近するための深度が足りない。白人の親子が埋没できる人口密集度も。この二つがバランスする所は、富山湾ぐらいしかない。あそこは、海岸からすぐ湾が深く切れ込んでいる珍しい所だからな。今度は何処へ行くんだ……」

「もし、マック・マクリーンがすでに釜山を出ていて、今日中に接触を計るんなら、竹島しかないだろう。何しろ、海自は近づけないんだから」

「やむを得ないな。竹島へ一直線だ。後はなるようになれだ……」

ブレット中佐も落胆していた。竹島も、島の周りは深海域で囲まれている。あの辺りで撃沈するのは骨だと思った。


イルナム・リー中佐は、釜山港の出入国管理事務所の一室で、今朝方出港した船舶のリストと睨み合っていた。

そして、港湾事務所の屋上に据え付けられたコマ撮り撮影のビデオを三度も眺めた。

「関釜フェリーという手はないですか？」

「何事も否定はできませんな」

実務を取り仕切る課長が首を振った。

「ただ、乗客が乗り込むシーンは、警察の要請でビデオ撮影されています。それはご覧になったでしょう？」

「ええ、三度もね。少なくともアメリカ人は四名だけで、身長容貌はまったくマクリーンと不釣り合いだった」

「じゃあ、海の線は無いと言っていい」

「どうして？」

「だってあんた、今時の、たとえば貨物船なんて、韓国人もよう乗らんのだよ。せいぜい、白人の船長が一人いるだけ。後はだいたいフィリピン人船員か、アフリカ、中南米辺りの、スペイン語話す奴らさ。そんな中に、白人が紛れ込んだらどれだけ目立つか……」

「これが引っかかるんだよな……。このサザンビーチ号の乗員。タクシーに乗って、町中を走っている時だけで二度も検問に引っかかっている。連中が昨夜飲んだ場所は解っているんだけど……」

「じゃあ、いいじゃないですか。飲んだくれての朝帰りでしょう」

「そんなに簡単に居場所が見つかるもんかな。だいたい、彼らが飲みに行った場所ってソミョンですよ。なのに、ソミョンより港から遠いトンネの辺りで検問に引っかかっているんですから」

「温泉にでも行ったんじゃないの？　タクシーだったんなら、それ洗えばいいじゃないの？」

「ええ。所が、誰も番号を控えてないんですよ。ま、何処の会社のかは解っているんですけどね」

「でも、警官は中を見たんでしょう?」

「アメリカ人は乗ってなかった。白人男性はいたが、皆別国籍でした。だってこのフネ、エンジン・トラブルで入ったんでしょう?」

「別に珍しくはない。それに、エンジニアが乗り込んで出て行ったんだ。別に逃げ出したわけじゃない。そんなに不思議なら、止めてみればいいじゃないか?」

「とうに領海は出ていますよ」

「あんな大きなフネ、日本の領海に入ったんでなければ、すぐ見つかるよ。飛行機で。あんたも心配性だねぇ」

中佐は、海軍に、サザンビーチ号の行方を捜すよう依頼することにした。

少なくとも、タクシー二台を連ねて港へ着いた連中の中に、マック・マクリーンがいなかったことだけは確かだった。だが、どうも引っかかる部分があった。

中佐は、腰を上げた。タクシー会社を締め上げてみるつもりだった。営業権転がしで、誰が運転者かも把握していない会社だった。どうもその辺りも臭うなと思った。

ＧＭＨＩ社最高顧問弁護士のロビン・Ｒ・ハックマンは、サンディエゴの本社ビルで、深夜にもかかわらず緊急の記者会見を行った。

シリコンバレーにおける派手な銃撃戦において、ファナブル提督が逮捕されたことはすでにフラッシュ・ニュースとして流れた後で、マクリーンⅡ世が拘束前に記者会見を行ったフロアは、その時の倍の記者らでごった返していた。

ハックマンは、まず、自分が現れる前に、マックス・キムの宣誓供述書のコピーを記者らに配布して、話のアウトラインを省けるようにした。

明日のニューヨーク・マーケットが楽しみだった。MSI社の株は大暴落したあげくに、取引停止になるはずだ。

ハックマン弁護士は、おもむろにお立ち台に上ると、記者団を晴れやかな表情で見渡した。

浴びせられるフラッシュの波は凄まじかった。

「まるでオスカーの授賞式みたいだな……」

ハックマンは、軽いジョークで記者団の笑いを誘った。

わがシーデーモンは、未だ航海中である！　と叫びたい所だったが、それはやめにした。それだけはやめろと代理店から注意を受けていた。

「さて、諸君！　すでに知られているように、本日夕刻、ファナブル提督のシリコンバレーのオフィスが、何者かによって襲撃され、ロケット弾攻撃を受けました。わがファナブル提督は、部下と共に果敢に応戦し、敵を撃退。首謀者を含む、数名と共に、警察に逮捕されました。提督は、そこで何を行っていたか？　まあ、ＮＴＤＳの機器をメンテナンス中であったとかの問題はさておき——」

ハックマンはそこだけ小声で言った。誰も突っ込まなかった。彼らはヒーローなのだ。

「提督は、あるアジア系大物マフィアの宣誓供述書を作成中でした。それが、皆様の手元にコピーとして存在します。そして、ファナブル提督らを、証人ともども亡き者としようと卑劣な攻撃を仕掛けたのは、そこに名前の出てくるリー・テックスという男です。いやいや、私は何も、リー・テックスが、彼が所属する会社の命によって行動したなどと言うつもりは毛頭ありません。それは、法廷が判断すべきことです。さて、われわれの長い航海は終わりつつあります。シーデーモンは、間もなくその目的を達し、わが海軍の下に投降するでありましょう。私は……」

ハックマンは、そこで言葉を詰まらせた。ふいに、こみ上げてくるものがあった。

「私は……、マックという男を知っています……」

段々とうつむき加減になり、声が掠れた。

「私は、少年としてのマックを知っている。海軍士官として、国家に尽くした青年を知っている。良き父、良き友人、良き経営者として生きていた頃の彼を知っている……。彼は、何処へも逃げはしない。韓国国民の、裁きを受け入れるでしょう……。

いかなる理由があろうと、彼の罪が軽減されるものではない。ただ、私は、こういう事態に陥ったことを、とても残念に思うのみです……」

最後は、言葉にならなかった。泣き崩れようとするハックマンを、秘書が抱きかかえる。

静かな拍手がわき起こり、大きなうねりとなってフロアを包み込んだ。これが、アメリカだった。

疾走するシーデビルのブリッジで、その生中継を見ながら、ブレット中佐が一筋の涙を流した。

「アメリカ人ってこれだから……」

大淀二佐が、片瀬艦長の耳元で囁いた。

「投降するんなら、今の内の方がいいんだけどなぁ……」

「とにかく、竹島まで行き着かないことには」

太陽は、もう西へ傾いていた。

P－3C部隊は、疾走するシーデーモンを捕捉してはいたが、攻撃する術はなかった。しかも、そろそろ竹島の一二海里領海内に入る所だった。

韓国空軍のF－16戦闘機が盛んにスクランブルを掛けて日本側を牽制していた。

岩国のP－3C部隊は、竹島から三〇海里手前で追撃を断念し、韓国側のP－3Cに追尾を譲った。

韓国海軍のP－3C部隊が、Mk46魚雷を虚しく投じるが、どれも、かすりもしなかった。

シーデビルが、ステルス・モードでそこへ突っ込んで行く。韓国海軍のP－3Cは、海面に現れる妙な波紋を、シーデーモンの排水効果による海面上昇と錯覚するしかなかった。

シーデーモンの片瀬艦長以下は、CICルームに降りて、状況を検討した。

「〝チェジュー〟と〝キョンブク〟が島の北側、南側にいるのが〝マサン〟、〝ソウル〟。いずれもウルサン級で、一八九〇トン。ヘリは搭載してません」

桜沢副長が、NTDSのデータを基に説明した。

「一応新鋭艦を持ってきたか」

「島のヘリパッドを利用しているのは、四機のリンクス・ヘリコプターです。南の方には、補給艦チュン・ジーがいます。釜山からヘリが向かってますね、間もなく着艦するようです」

彼らは知らなかったが、それは、イルナム・リー中佐を乗せたヘリで、中佐は、サザンビーチ号を追っていた。

二台のタクシーが、営業権転がしで、実体のない幽霊会社に売られていたことが解ったためだった。誰が実際に運転しているのか、車が何処に保管されているのかまったく解らない有様だった。

「こちらソナー、シーデーモン、減速し始めました」

「よし、この隙に追いつこう」

マック・M・マクリーンは、サザンビーチ号のキャビンで、ハックマンの記者会見を見た。もし、その場に心理カウンセラーがいたら、絶対に見せなかっただろう映像だった。

ケンウッド大佐は、これで、マックが救われる可能性が高くなったと思った。アメリカの世論の矛先がMSI社へ向かえば、マックはスケープゴートだったことがはっきりする。

死刑判決は覆らないだろうが、韓国政府としては、対米関係を考えて無期懲役の恩赦を与えざるを得ないだろう。そうすれば、一〇年かそこいらで、国外追放になる。マックはそれで救われる。

ブリッジ前方を見遣ると、水平線上のフリゲイトが、こちらを向いて発光信号を行っていた。

「停船せよです」

「どのくらいで接触する？」

「ここで制動を掛ければ二〇分です」

船長のアラン・ヤ・トポイが答える。彼も、その昔、ＧＭＨＩ社の東南アジア・セクションにいた人間だった。

「ランデブー・ポイントまでまだしばらくあります」

「構わない。たぶん、シーデーモンの方でこっちを見つけて浮上してくれるはずだ。フリゲイトに対して、右舷側を向けて止まってくれ。もし間に合うようなら、シーデーモンが左舷側に浮上してくれるはずだ」

シーデーモンは、すでにサザンビーチ号を発見していた。それに向かって、一隻のフリゲイトがスピードを上げていることにも気づいていた。

「大丈夫、間に合う。ケンウッド大佐がうまいことやってくれるはずだ。囮魚雷を０―４―５へプログラム後発射。われわれは、まっすぐサザンビーチ号の真下へと潜り込むぞ」

囮魚雷を発射した瞬間、シーデーモンは深度を変え、また層深《レイヤー》の下へと潜り込んだ。

Ｐ－３Ｃが、囮魚雷を追って行く。

シーデーモンは、徐々に深度を回復しながら、サザンビーチ号の真下へと潜り込み、ぴたりと停止した。

何しろ、騒々しいディーゼル船の真下では、音を立てても気づかれることは無い。

「潜望鏡深度まで浮上、ブリッジ排水急げ！」

ケンウッド大佐は、左舷側ウイングから身を乗り出し、真下の海面を凝視した。もう太陽が水平線上に掛かっているせいで、海中を覗くことは出来なかった。

「あそこ！」

誰かが叫んだ。

サザンビーチ号の左舷五〇メートルほどに、潜望鏡が上がった。

「ポールめ！　下手くそな奴が。こっちにぴたりと着けて見せろ！　ボートを降ろせ」

ゴムボートが、左舷ウイングから海面に投げ込まれる。何処からか、ヘリコプターのローター音が響いてきた。

「ラダーを降ろします」

「いや、間に合わない。マック、飛び込むぞ！」

ケンウッド大佐は、言うなり上着を脱ぎ捨てた。

「泳げる者は、シーデーモンまで泳げ！　マック、まず君からだ」

マックが、大佐に押されてウイングから海面に飛び込む。ゴムボートが二艇降ろされた。

それにはい上がり、続くクルーを引っ張り上げる。ヘリの輪郭がはっきりし始めた。

幸い、それはリンクス対潜ヘリでは無く、陸軍のブラックホーク・ヘリコプターだった。

シーデーモンは、ブリッジ半没状態に浮上していた。アーネスト艦長が右舷側バルクハッチを開け、ロープを投げて手招きしている。

リー中佐は、とてつもない化け物を見たような恐怖感に囚われていた。潜水艦部の胴体が、薄暮に、うっすらと海中に透けて見えるというのが、なお気持ち悪かった。

「武装はないのか⁉」

パイロットが首を振る。

「これ、ただの連絡機ですよ」

「あのフリゲイトと連絡を取れ！」

「周波数が違います！　釜山経由でないと！」

「そうだ！　照明弾を遣してくれ！　それで駆逐艦に合図を送る」

中佐は、ドアを開いてレッド・フレアとスモークを点火させると、次々と、海面へと放り投げた。

だが、なかなか向こうは気づいてくれなかった。結局、本土経由の連絡の方が早くついた。

フリゲイトの〝マサン〟が、七六ミリ単装砲を発射して警告する。

だが初弾が、〝サザンビーチ〟の前方四〇〇メートルに落下する時には、全員がシーデーモンに収容されていた。

アーネスト艦長は、ケンウッドの変装は見破ったが、肝心のマックは全然解らなかった。

「おい、マックは誰だい⁉」

マックが、仮面を剝がす。

アーネストは、その変わり様に息を飲んだが、再会を喜んでいる余裕は無かった。

「みんな、下へ降りろ！　潜航するぞ」

ハッチが閉まっていることを確認すると、艦長はまだ誰も降りきらない内に潜航を命じた。

「アリッサ！　速度を上げつつ潜航だ。竹島の西側へ潜り込め」

「艦長！　前方にシーデビルです」

「何処に⁉」

前方を見遣るが、何処にもそんなものは見えなかった。

「方位と距離を知らせよ！」

「方位0―2―3、距離一五〇〇〇です。突っ込んできます！　ただし、レーダー反応ありません」

サザンビーチ号の船体の影で、そちら方向は見えない。だが、前進に移っても一向に見えなかった。

「本当にいるのか⁉」

今度はマーカスが直接答えた。

「ステルス・モードだ。間違いなくソナー音は拾っている。突っ込んで来る」

艦長は、再び北の方角へ視線を向けた。どことなく、水平線が揺らいでいるような感じがした。

「距離、一二〇〇〇、敵は、こちらの位置を完全に捉えています」

「潜航急げ！」

シーデーモンが潜航を開始する。だが、ほぼ停止状態だったせいで、まったくスピードは出なかった。

片瀬艦長は、一瞬、フラット・ディスプレイを睨んで黙り込んだ。

「今なら行けるぞ！」

大淀二佐が、後部ＶＬＳからの対潜ミサイル発射を促した。

「間違いなく撃沈できる」

艦長は、それには答えず、ヘッドセットでブリッジを呼び出した。

「ブリッジ！　溺者は、全員乗り移ったのか？」

「はい。全員乗り移った模様です」

「艦長、彼らは犯罪者です。容赦する必要はありません」

艦長の逡巡を察したブレット中佐が発言した。

「〝マサン〟！　短魚雷発射しました！」

野村二尉が報告する。

「間に合うもんか……」

大淀二佐が吐き捨てた。Ｍｋ46の短魚雷では、とうてい間に合わない。

「真下に別の潜水艦です！」

「何⁉」

「探針ピンガーがシーデーモンへ！」

「真下とはどっちだ⁉」

「方位2—8—0、すでに本艦の後方です。魚雷来ます！　は、速い……。ロシアのシクヴァルです！」

「シクヴァル⁉」

ブレット中佐が反応した。疾風《シクヴァル》という名の、ロシア海軍の最新鋭魚雷だった。

「バブル・スライダーの原型モデルだわ。七〇ノット以上で敵を追う」

「他人の庭で……。面舵いっぱい。シーデーモンの前へ出るぞ。アンチ魚雷発射用意。シクヴァルの前方へ投射する」

「お前まさか？」

「あんな魚雷、いつこっちへ向かってくるか解ったもんじゃない。迷惑だ。それだけの理由だ」

艦首がシクヴァルへ向くと、後部ＶＬＳよりアンチ魚雷が発射される。それは、ほぼ真正面からシクヴァルを撃破した。

「シーデーモン、四〇ノット速へ回復します」

「バカだお前は……」

大淀が呟いた。

「〝マサン〟、更に短魚雷発射します。初弾は依然としてシーデーモンを追尾中」

「敵船の深度はどのくらいなんだ？」

「この速度だと……。ただ、魚雷のピンが来たのは、二〇〇メートル辺りです。そんなに深くはないはずです」

シーデビルは、曳航アレイ・ソナーを降ろしているわけでも、対潜ヘリを飛ばしているわけでも無かった。だから、聴音は、艦首と側面のソナーに頼っていた。

このスピードでは、酷いシグナルしか拾えなかった。

「〝マサン〟の短魚雷、目標を捕捉した模様です」

「間に合わないんだろう？」

「一発目は駄目です……。いや、二発目がターゲットしたのは、アンノウンの敵潜の模様です」

「本艦は、シーデーモンを追うぞ。コマンチへ、ウルサン級の射程より抜けたらただちに離陸、対潜活動に移れ」

「了解。エレベータを上げて下さい」

「アンノウンは、通常動力の模様。たぶんキロ型です。ずっとここに潜んでいたんでしょう」

「新兵器相手に新兵器のテストってわけか。他人のことは非難できる立場じゃないが」

「ノイズメーカーを放出しつつ、回避運動に入った模様」

「間に合うのか？」

「駄目ですね……。五〇〇〇メートルも無かった。たぶん命中します。こちらのアンチ魚雷も間に合いません。敵潜を誤射する恐れがあるので」

一分後、〝マサン〟が放ったＭｋ46魚雷が、ロシア海軍のキロ型潜水艦に命中した。付近は、深度二〇〇〇メートルの深海である。キロは、深度七〇〇メートルで圧壊し、ただの鉄屑と化して海底へと沈んでいった。

付近は、もう完全に闇に包まれていた。

マック・M・マクリーンは、司令公室で、妻と、娘と再会した。五歳になる娘ミリーは、容貌のすっかり変わった父親にきょとんとするだけで、妻のブレンダは、ただマックの胸で泣きじゃくるだけだった。

発令所での戦いは、まだ終わっていなかった。

「マーカス、何があったんだ？」

「ロシアのキロが発射した魚雷のシクヴァルを、シーデビルがアンチ魚雷で叩き潰したということです」

「何のために？」

「さあ、平たく言えば、シーデビルに救われました。あのスピードでシクヴァルはかわせませんからね」

「解らないな。シーデビルはついてきているのか？」

「はい。一〇〇〇〇メートル後方です。シーデビルには、われわれが潜って間もない間に、攻撃するチャンスもあったのに、まったく不思議なことです」

「了解、引き続き背後に気を付けてくれ。われわれはこのまま、しばらく竹島領海内を周回する」

シーデーモンは、すでに六〇ノット速までスピードを上げていた。深度は四〇〇。ここでシーデーモンを撃沈するのは、事実上不可能だった。

シーデビルの後部デッキから、コマンチ・ヘリが離陸する。再びGR－X4を一発搭載していた。あと残るは二発だけだった。

「ウルサン級は、爆雷を搭載しているんだよな」

荒川機長は、シーデビルの前へ出ながら呟いた。

「爆雷って、せいぜい二〇〇メートルぐらいまででしょう。シーデーモンの深度では使えないはずです」

脇村が、対潜ソノブイの分布パターンを描きながら答えた。ほんの四本も投下すれば、竹島周辺の水中音波を漏れなく拾える。

何も韓国軍の機嫌を損ねる必要はなかった。

「前方に〝キョンブク〟。こっちを誰何してますよ」

「答えてやれ、国連のUNICOONだと」

「駄目ですよ、機長。私なんかが喋っても、日本人の発音だってことがバレバレですよ」

コーパイの水沢亜希子一等保安士が首を振る。

「いや、われわれは日本人である前に、まず国連の部隊だ。そんなのは関係ない」

「私、韓国人とネゴシエーションするようなテクニックは持ってませんよ」

「だから、適当につきあってやれって。どうせ敵はＦ‐16でも飛ばさなきゃ、われわれを攻撃できないんだ」

「了解」

　亜希子は、ＵＮＩＣＯＯＮだと名乗ったが、そもそも向こうはＵＮＩＣＯＯＮというのを知らなかった。あげくに、警告射撃が付近に落ちた。

「ちょろいちょろい、まだ五キロは手前だ。奴らに言ってやれ、われわれを攻撃すると国際問題になると」

「言ってますよ。やめないじゃないですか⁉」

「対潜ソノブイ、二本投下。南へ回って、もう二本落とせば、後は領海外から電波を拾ってシーデビルに搬送できます」

「こちらシーデビル。韓国空軍のＦ‐16が出てきた。そろそろ引き返せ」

「うちのイーグルは出ないんですか⁉」

「レーダーには映ってない」

　だが、Ｆ‐16戦闘機の四機編隊は、竹島まで二〇キロまで近づいた所で引き返した。

「何があったんだ？」

　大淀二佐が、スクリーン上を引き返して行く編隊を見つめながら言った。

「おおかた、ブル・メイヤが大統領府に電話を掛けて怒鳴りまくったんだろう」

その通りだった。

「さて、残りの三機のシーホークを出していいぞ。ただし、韓国の艦艇には近づかないようにな」

「了解。やっと出番だな」

「コマンチの二番ソナー、シーデーモンを捕捉。本艦より、真南に二〇〇〇〇メートルです」

「よし、敵が竹島周辺をぐるぐる回るようなら、ショートカットしよう。針路1―9―0だ。八九式短魚雷を叩き込み、敵のアンチ魚雷の数を削ってから、GR－X4をお見舞いする」

「それでいいだろう」

三機のシーホーク・ヘリが離艦するまで、二〇分を要した。その間に、コマンチは一二本のソノブイを、竹島を囲むようにまんべんなくばら撒いて配置し終えた。もう、他の三機がソノブイを落とす必要はなかった。ただ、シーデーモンの側面に沿って飛び、前方から魚雷を発射するだけで良かった。

シーデビルからも、対潜ミサイルが発射される。

シーデーモンは、向かってくる魚雷の内、二本に対してアンチ魚雷を発射した。残り本数はあとわずかだった。

　マック・M・マクリーンは、一時間ほどブレンダと話した後、修羅場の発令所へと現れた。

「魚雷をポンポン撃っているようだが……」

「アンチ魚雷さ。もう僅かしかない。だが、大丈夫だ。通常魚雷もあるし、いざとなれば、また攻撃する」

「ケンウッド大佐、私との約束を覚えているね？」

「もちろんだ」

　フネの中では手持ちぶさたのケンウッド大佐が約束は守ると頷いた。

「では、韓国へ帰ってくれ」

「なんだって⁉」

　アーネスト艦長が、ヘッドホンを被ったまま、聞き返した。

「私が望むなら、韓国へ帰して貰えるという約束だった。私の行動は、私の判断に委ねると」

「その通り。済まないがポール。適当な場所で白旗を掲げてくれ」

「冗談は止せ。こんな所で浮上したら、水上艦のいいカモになる」

「じゃあ、ちょっと位置をずらした所でいい」

艦長は、ふーと肩を落とした。

「まあ、君はそういう男だからな。いいだろう。いったん竹島から離脱して、公海に出る。針路0—4—7へ。速度このまま」

シーデビルは、シーデーモンが針路を変えた三〇秒後には、その変針を察知していた。

「いよいよ遁走《とんそう》に掛かったぞ！」

大淀二佐が、隣室から怒鳴る。

「いや、ちょっと違うような気がするな。シーホークに、ソノブイを前方展開させてくれ」

「了解。今度は仕留めろよ」

シーデビルは、ショートカットに次ぐショートカットで、どうにかシーデーモンの一〇〇〇〇メートル後方に食らいついていた。

だが、三〇分追った所で、シーデーモンは、まるで何かを意思表示するかのように、徐々に減速し始め、しまいには、完全に浮上して停止してしまった。竹島東方一〇〇キロの海上だった。

シーデビルは、三機のシーホークで周囲を囲み、五〇〇〇メートルまで接近すると、主砲を向けた状態で、コンタクトを取った。

細かい打ち合わせを望むブレット中佐の意思を受け入れ、コマンチ・ヘリに片瀬艦長とブレット中佐を乗せ、シーデーモンの後部デッキに降り立った。すでに、午前二時を回ろうかという時間だった。

二人がブリッジに上がると、正装した艦長らに迎え入れられた。

ブレットが、何の躊躇いもなく旧友たちとの再会を楽しんでいるのに比べ、片瀬とアーネストは、ぎこちない握手をかわした。

「こんなに貴方のフネに手こずるとは思ってもみませんでしたよ」

アーネストの言葉にお世辞は無かった。

「いや、結局、われわれは、何一つ有効な攻撃が出来なかった。完敗です」

「そんなことはないでしょう。夕方、貴方はわれわれを助けて下さった。確実に撃沈できるチャンスもあったのに」

「さあ。それは何のことか……。ただ、ちょっとアンフェアだと思った部分はあったかも知れませんね。何しろ、ほぼ止まっている敵を撃つというのはね。手足を縛られた敵を叩きのめすようなもので、いい気分はしない」

ブレットは、アリッサを抱きしめる一方で、頬をピシャピシャ叩いた。

「アリッサ、私を裏切ったわね。せめて一言声を掛けるぐらいが女の友情ってものじゃないの？」

「必要なら、そうしたでしょう。でも、人数が足りていたので」

「マーカスは元気？」

「ええ。心配ありません」

「まあいいわよ。刑務所は厳しいけれど、間抜けなロシア人が巻き添えを喰っただけ、誰も傷つけずに終わったんですからね、早めに出てこられることを祈るわ。個人的にね」

「さて、艦長、ここにいる、マック・M・マクリーンを国連に引き渡します」

アーネストは、不承不承という顔だった。

「これは、本人の意思による自首行為です」

「結構です。残念ですが、マクリーン氏の処置に関しては、国連は一切関与するつもりはありません。申し訳ないが、韓国軍の到着を待ち、引き渡すことになります」

「本艦の処置に関しては？」

「夜が明ければ米軍が来るでしょう。それまでは、ここを動かないということでよろしいかと思います」

片瀬艦長は、小声で「家族との再会は？」とアーネストに尋ねた。

「ええ。終わりました。万事ね……」

それが全てだった。片瀬は、満足げな顔だった。

午前七時、朝日を浴びながら、ウルサン級のフリゲイト二隻と、イルナム・リー中佐を乗せたブラックホーク・ヘリコプターが到着した。

ケンウッド大佐を始めとし、事件に関係した全てのアメリカ人の引き渡しを求めるリー中佐と、しばらく押し問答があったが、片瀬が、国連の名において突っぱねた。

シーデーモンの艦尾付近に着陸したブラックホークへ、マックは娘を抱きかかえて歩いた。

ヘリの一〇メートルほど手前で、娘にキスして降ろした。無言のままの妻と抱擁を交わしてキャビンに乗り込む。

「マクリーンさん。しばしの別れですよ」

リー中佐は、兵士とマックを挟むように座りながら言った。

「アメリカでは、事件の真相が明らかになって、貴方への支持が高まっている。まるで集団ヒステリーみたいにね。韓国の世論は許さないでしょうが、たぶん上訴審で死刑判決が下った後、大統領の恩赦があって無期懲役に減刑されるでしょう。うまく行けば、七年ぐらいで仮釈放と同時に国外追放となる」

「貴方はどう思うんです？」

「私？　さあ……。われわれは政治的思考をしますからね、遺族の気持ちまでは解らない……。とだけ答えましょう」

娘が、手を振っていた。中佐が、マックにイヤープロテクターを掛けてベルトを締めると、ドアが閉まった。

マックは、そのドアが閉められる様子をじっと見守っていた。

ヘリが離陸すると、リー中佐は腕を組み、死んだように眠りに落ちた。彼の任務は、終わったのだった。

エピローグ

本来の乗組員らと、ロードウッズ艦長に率いられたシーデーモンは、熱狂的な民衆が、陸で、海上で星条旗を振って出迎える中、サンディエゴへと帰還した。

その週発売の全ての週刊誌のトップ記事を、チュラビスタ作戦の物語が、その悲劇的なエピローグと共に飾ることとなった。

それとは対照的に、シーデビルはただ一艦、合衆国海軍関係者と、ロビン・R・ハックマン弁護士、そしてブル・メイヤの名代《みょうだい》として出席した斗南無を乗せ、竹島沖を遊弋《ゆうよく》中だった。

日章旗の代わりに国連の旗を艦尾に掲げてくれという申し出があったが、片瀬艦長は、堂々と日章旗を掲げたまま、竹島領海内へと入った。

シーデビルの後部デッキに、全員が揃い、静かにセレモニーが始まった。多芸な脇村二曹により、葬送ラッパが吹き鳴らされる。

マック・M・マクリーンの死を悼む花束が、ハックマン弁護士の手によって海中に投じられた。

マックは、ヘリが給油で竹島へと高度を落とし始めた時、高度九〇〇フィート付近で、突然ベルトとイヤープロテクターを外し、ドアを開けて空中へと身を投げた。誰も止められなかった。隣で寝ていたリー中佐に至っては、ドアが開いた衝撃で目を覚ましたぐらいだった。

飛び降りる寸前のマックの表情は、満足そうな顔だったというのが、リー中佐の報告書を締めくくる言葉となった。

マックの遺体は、結局三日間にわたる捜索にもかかわらず、まったく発見されなかった。

「悲劇的な結末でしたね……」

桜沢副長が呟いた。

「うん。彼としては、責任を取るつもりだったんだろう。米韓政府は、後々マックの身柄に関して話し合う必要が無くなった。こういう結果になってほっとしているそうじゃないか」

「本当の所は、どうだったんですか？　そろそろ喋って下さってもいいでしょう？」

「うん。あれね……」

艦長は、にんまりと微笑んだ。

「日本海海戦の頃を思い出したんだ。あの頃はまだ戦争は紳士的だった。捕虜は気高く、指揮官は聡明だった。せめて、家族との再会を果たさせてから攻撃しても罰は当たらないだろうと思った。それだけのことだ。艦を危険に晒した。反省しているよ」

「まあ、日本海で原潜を沈めずに済みましたからね。指揮に躊躇いはなかった……。そういうことにしましょう」

「ああ、そうしてくれ」

「艦長、申し訳ないんですが、ヘリの離艦を急いで貰えませんか。南へ飛ばなきゃならないんで」

斗南無が、後ろのコマンチを指さした。

「今度は何処だね？」

「シンガポールで、東チモールから脱出してきたゲリラから話を聞くことになっています」

「ほう。いよいよインドネシアを叩くのかね？」

「まさか。あのメイヤは、そんなモラリストじゃありませんよ。この頃、インドネシアは羽振りがいいから、もっと国連に金を出せとプレッシャーを掛けたいだけでしょう」

「さて、われわれもこんな所でぐずぐずしているわけにはいかんのだ。また尖閣へ出ないとな。なあ斗南無君。あの島、なんとかならんかね？」

「喧嘩相手がいる内が華ですって」

いた。

「そういうもんかね」

クリスティン・ブレット中佐は、腰を屈めて艦尾に佇むハックマン弁護士の肩を叩いた。

「行きましょうハックマンさん」

「うん……。あのシーデーモンはどうなるんだね？　中佐」

「軍が、向こう二年間、評価テストを行います。その後のことは解りませんね。もし、軍がポスト・イージスとして採用しなければ、スクラップにするしかないでしょう」

「皮肉だな。マックが心血を注いだシーデーモンは、とりあえず生き残るか……」

「会社はどうなんですか？」

「ああ、どうにか潰れずに済みそうだ。買い手が見つかりつつある。会社名は変わるだろうがね。事件に関与した連中も、これだけ世論がわれわれを支持してくれれば、そうそう厳しい判決も下せまい。マックの悲劇を除いては、この作戦は成功だった。成功と言えるかどうか疑問はあるがね。もしあの作戦が無ければ、何しろ、少なくとも今日、マックはまだ裁判中の身なのだから」

波間に漂っていた花束が、ついに見えなくなった。

ハックマンは、海面へ向かって弱々しく手を振った。

マックが、残された彼の家族と、会社の行く末を見守っていてくれることを祈りながら——。

コマンチ・ヘリが離陸すると、シーデビルは、霧笛を鳴らして針路を南へと取った。

彼らもまた、こよなく海を愛した男に別れを告げたのだった。

本書は一九九六年十月に徳間書店より刊行された『死闘！日本海海戦〈UNICOONシリーズ④〉』を改題し、大幅に加筆・修正しました。

本作品はフィクションであり、実在の個人・団体などとは一切関係がありません。

文芸社文庫

潜航！ 日本海海戦

UNICOON

二〇一六年十二月十五日　初版第一刷発行

著　者　大石英司

発行者　瓜谷綱延

発行所　株式会社　文芸社

〒一六〇‐〇〇二二

東京都新宿区新宿一‐一〇‐一

電話　〇三‐五三六九‐三〇六〇（代表）

〇三‐五三六九‐二二九九（販売）

印刷所　図書印刷株式会社

装幀者　三村淳

ISBN978-4-286-18223-0